「いらっしゃいませ〜、スミカの御主人さま♪
こちらへどうぞ〜」
ラスの出し物は
だろうが」
文化祭でメイドデビュー

I wish to see her just one more time, in the classroom where she slept with misty white cherry blossom petals dancing around.

「はい、ここで問題です！
白い桜の花言葉は、
いったいなんでしょうか？」
「わたし……二番目でもいいよ……？」
Saotome
早乙女翼《さおとめつばさ》
#陸上部
#去年も同じクラス
#片想い？
Sumika
霧宮澄御架《きりみやすみか》
#パーフェクトヒロイン
#クラスを救った英雄
#命を落とした少女

I wish to see her just one more time, in the classroom where she slept with misty white cherry blossom petals dancing around.

Urumi Kitazawa
きたざわうるみ
北沢古海
#ギャル
#図書室
#もうひとつの顔
「ほら、だいたいSF映画とかだと、こういう超能力？に目覚めた主人公って、悪役に狙われたりするじゃん？」
「いいか。霧宮はもういない。あいつはもう死んだんだよ……」
Yashiro Kannami
かんなみやしろ
神波社
#省エネ思考
#元・澄御架の相棒
#ヤシロン君

デートで待ち合わせ
「そこの少年！
お姉さんと一緒に
遊びにいかない？」
「第一声から奇抜な挨拶はやめろ」

霧桜に眠る教室で、もう一度だけ彼女に会いたい

来生直紀

ファンタジア文庫

3302

口絵・本文イラスト　黒なまこ

霧桜に眠る教室で、
もう一度だけ
彼女に会いたい
I wish to see her just one more time, in the classroom where she slept with
misty white cherry blossom petals dancing around.

プロローグ

思えば最初に出会ったときから、霧宮澄御架《きりみやすみか》は世界を救っていた。

それは天の川の星々が、嘘《うそ》のように煌《きら》めいた夏の夜だった。通っている中学校からの帰り道にある橋を、俺はいつものように自転車で通過していた。

何の変哲もないはずの放課後の日常が、その日だけは少し違った。

橋の欄干の上に、制服姿の少女が立っていたのだ。

「――――え？」

星と月の明かりが、凜《りん》として佇《たたず》む少女の姿をくっきりと浮かび上がらせている。

それはただひたすらに非現実的で、幻想的な光景。

少女の身長からして高校生には見えない。まだ十四、五歳くらいだ。橋の真下を流れる川からは十メートル以上の高さがある。いったい、なにをしているのか。

「――絶対、助けるよ」

胸騒ぎがした直後、少女が迷いなくその身を宙に躍らせた。

「……っ‼」

鈍い着水音が耳朶《じだ》を打つ。俺は咄嗟《とっさ》に自転車を放り出し、橋の欄干から身を乗り出して真下を覗《のぞ》き込んだ。水面から頭を出した少女は、上流に向かって泳ぎ出した。その先に溺れている子供がいると気づいたのは、我ながら奇跡のようなタイミングだった。

俺は無我夢中で橋の下に自転車を走らせ、岸辺で、子供を抱えて自力で川から上がってきた少女を迎えた。

唖然《あぜん》として立ち尽くす俺を見て、ずぶ濡《ぬ》れの少女が天使のように微笑《ほほえ》む。

「そんな顔してどうかした？　ひょっとして、きみもなにか困ってるの？」

俺は最初から最後まで、突然そこに出現した非日常に見とれていた。

いや、正確には彼女自身に。

「スミカの名前は、霧宮澄御架。お姉さんに、きみのことを教えてくれる？」

俺にとっては特別な出来事も、きっと彼女――澄御架にとってはそうではない。

澄御架は俺の見ていない、俺の知らない場所で、いつもどこかで誰かを救っているに違いなかった。

そういう人間のことを、人々はなんと呼ぶのだろう？

ヒーロー、救世主、物語の主人公——あるいは、《英雄》というのかもしれない。

そういえば、あのとき澄御架は調子づいて年上ぶっていたが、実は同い年だったと後で判明することになる。

翌年の春、俺たちは高校で再会したのだ。

だが、平穏な時間は長くは続かなかった。クラスメイトとなった俺たちを待っていたのは、まるで嘘のような非現実的な出来事の数々だった。

俺たちの学校には、昔から語り継がれる、ひとつの都市伝説があった。

一年四組の生徒がある日突然、不可思議な超常現象を引き起こすというもの。

それが古めかしいただの噂《うわさ》——ではなかったことを、俺たちは目《ま》の当《あ》たりにすることになった。

例えば、他人と入れ替わってしまうことに悩むクラスメイトがいた。

お互いが本物の自分であることを証明するため、俺は澄御架と、互いにしか知らない秘密を作ることにした。

「あっそうだ！　実はスミカの背中のここにホクロあるんだよねぇ〜。さあ、しっかりと社《やしろ》の目に刻んでくれたまえ。よいしょっと――」

「待て待て待て……！　人目も憚《はばか》らず服を脱ぎだすんじゃない……！」

例えば、恋愛関係にある男女が連続で行方不明になる事件があった。

その力の主を突き止めるため、俺と澄御架は偽《にせ》の恋仲を演じることになった。

「そ、そんなくっつく必要ないだろ……！」

「周りを見てごらんよ、社。ここはみんなが制服デートに憧れる遊園地だよ？　これくらいしてなきゃむしろ不自然ここに極まれり！　ってね♪」

例えば、未来を見通す力ですべてを思い通りにしようと企《たくら》む者がいた。

捕まえることのできない強敵を前に、俺は無力感に打ちひしがれていた。けどそんな俺に、澄御架はこともなげに言った。

「どうすりゃいいんだよ？　俺たちの行動は、あいつに全部読まれてるんだぞ」

「まだチャンスはあるよ。だって人間には、たとえ結果がわかっていてもやってしまうことって、誰にでもあるでしょ？」

まったくもって、非現実的な事件の数々としか言いようがない。
今でもなお、すべては嘘なんじゃないかと疑うときがある。
ただ、そんな日々のなかで、俺は嫌というほど思い知ることになった。
当たり前の日常が、こんなにも簡単に失われるものだということを。
一度失われた日常が、こんなにも取り戻すことが難しいものだということを。
誰もが日常を諦めかけた。それでも、澄御架だけが諦めなかった。
あの教室にいたのは、英雄的なひとりの少女。
ほんのちっぽけな日常を取り戻すために、澄御架は全身全霊を傾けて戦った。
俺は、そんなあいつの手伝いをしたに過ぎない。
——ふむ、どうやら謎は解けたようだね、ヤシロン君
——チョコがないから一歩も動けない……。やしろぉ〜おんぶしてぇ〜
——信じて。社なら大丈夫。スミカが導き出した答え、間違ったことないでしょ？
ああ。

目を閉じて耳を澄ますと、あいつの声が、今も鮮明によみがえる。
波乱万丈の一年間の学校生活が、大波のように押し寄せては砕け散っていった。

俺は、二年目の春を迎えようとしている。
これから語るのは、そこからの出来事だ。
だがそこに、澄御架の姿はない。理由は単純で明確だ。

なぜなら英雄は、あの教室から永久に失われてしまったのだから。

第一章　空間をかける少女

九十九里《つくもり》閑莉《しずり》　その1

「正直に答えないと、人を呼びますよ。神波社《かんなみやしろ》さん」

誰か教えてくれ。この状況がいったい何なのか。

そして、目の前にいる転校生の女子の頭の中がどうなっているのか。

その女子が、なぜ二年の一学期が始まって数日も経《た》たない日の放課後に、誰もいない教室で俺を待ち伏せしていたのか。

彼女がなぜ、摑《つか》んだ俺の手を自分の胸に押し当てながら、脅迫めいた要求を口にしているのかを。

なんでもいいからこの状況から脱出するためのヒントをくれ、と訴えたかった。

「九十九里……さん、だよな。春からうちに転校してきた……」

特徴的だったので、名前は記憶に残っていた。

身長は高校二年の女子としては平均的だろう。生真面目そうな黒髪が肩の後ろま伸びている。ルックスは間違いなくトップレベルだが、整いすぎているがゆえに、どこか人形めいた冷たさがあった。

「はい、九十九里閑莉です。質問があって、ここに来ました」

閑莉の鋭い眼光がまっすぐこちらを射貫《いぬ》いている。

「……大丈夫か？　保健室なら付き添うけど」

「あいにく、体調も精神も健全です。それより、質問しているのはこちらです。正直に答えてください。これは脅しです」

「そこは脅しじゃない、と言うところじゃないのか、普通」

「私はあなたを冤罪《えんざい》に陥れ、思春期の男子が精神的に動揺するであろう行為をして回答を強要しようとしているので、脅しというのが適切かと」

認めざるを得ない。彼女の目論見《もくろみ》通り、確かに俺は動揺していた。

渇いた喉を潤そうと唾を飲み込み、かろうじて声を発する。

「なにが……目的だよ？」

「あなたは去年一年間、霧宮澄御架《きりみやすみか》という生徒と同じクラスでしたよね」

閑莉の口から出てきた名前に、目を見張った。

「その中でも神波社さんは、彼女と普段から行動を共にしていたとの情報を得ています。つまり……あなたは彼女の相棒だった」

相棒。

およそクラスメイトとの関係を言い表すのには不適切な言葉だった。

だが黙り込んだ俺の反応を見て、閑莉はむしろ確信を強めたらしい。

「どうやら、図星のようですね。去年、この学校では奇妙な事件が連続して発生していた。いわく、生徒の人格が入れ替わったり、学校の中で生徒が突然行方不明になったり。それらの不可解な一連の事件を、霧宮澄御架が解決した」

俺の脳裏を、去年一年間の記憶が走馬灯のように駆け巡った。

だがその最後に残ったのは、苦々しさだけだった。

「……だったら、なんだっていうんだよ」

俺はしだいに動揺から怒りへと変わりつつある感情を押し殺し、閑莉の顔を見返した。

「あいつはもう、ここにはいない」

「知っています」

あっさりと頷《うなず》く閑莉に、思わず気圧《けお》される。

「なにが……知りたいんだよ？」

「この学校には、いえ――かつてのクラスメイトの中に、彼女の《後継者》がいるはずです。私は、その人を探し出すためにここにきました」

「後継者……？」

唐突に出てきた謎の言葉に、俺は今度こそ面食らった。

「澄御架の相棒だったあなたなら、知っているんじゃありませんか？　澄御架が生前、自分の役割を託すに相応《ふさわ》しいと認めた人物のことを」

「勝手に誤解するな。なにを勘違いしてんのか知らないけど、霧宮のことを知りたいなら他をあたってくれ」

俺はようやくそれだけを言い返した。

すると閑莉は、なにかを思案するように顎に手を添えた。

「失礼しました。正確には相棒ではなく、小間使い……いえ、たしか忠犬だったとお聞きしました」

「誰が犬だよ！」

「その吠《ほ》えぶり、やはり犬というのは本当だったようですね。……わかりました。ところで、そろそろ私の胸から手を離してくれませんか？」

「!?　おっ、おまえが勝手に……！」

さきほどまで閑莉に強く握りしめられていた腕を振り払う。

掌《てのひら》には、制服越しに伝わった彼女の体温が生々しく残っていた。

とんでもないやつだ。

それでもまだこの程度の動揺で済んだのは、ある意味、これよりもっと奇想天外なひとりの少女に、去年一年間で鍛えられたからだろう。

「神波社さん、もう一度あなたに問います。霧宮澄御架の後継者に該当する人物に、心当たりはありませんか？」

「知らないって言っただろ。そもそも意味がわからん」

俺が即答すると、閑莉は顎に手を当ててじっとこちらを見つめた。

まるで脳細胞のひとつひとつまで覗《のぞ》き見られているような、居心地の悪い視線だった。

「どうやら、嘘《うそ》は言ってないようですね」

「……ちなみに聞くけど、なんで今、納得したんだ？」

「私には、どんな人間の嘘も見抜けるんです」

それこそ嘘のような特技を閑莉は平然と口にした。

俺が唖然《あぜん》としていることなどお構いなしに、今度はその小さな頭を下げる。

「私は必ず、澄御架がその役割を託した人物を探し出します。だから、お願いします。私に協力してください。社さん」

＊

俺たちの通う学校には、いつの頃からか、ある不思議な噂《うわさ》が語り継がれていた。

数年に一度、一年四組の生徒が、突如として不思議な能力を手に入れてしまうという、出来の悪い都市伝説のような噂だ。

いわく、生徒が急に天才になったり、人の心が読めるようになったり、あるいは過去や未来に飛んだり。噂の数だけ、その能力や現象もばらばらだ。

もしそれが本当にただの都市伝説であったのなら、どれだけよかったか。

それはまだ春先、俺たちが入学直後の出来事だった。

学校中の机という机が、一夜にして校庭に運び出されるという奇怪な事件が起こった。

さらには、それを元に戻そうとした人間が怪我《けが》をしたり事故に巻き込まれるなど、災厄は続いた。

呪いや祟《たた》りの仕業。そう考える大人たちもいる中で、澄御架は、その引き金がクラスメイトに――一年四組のひとりの生徒にあることを突き止めた。

そして彼の心に向き合い、澄御架は事態を解決に導いた。

だが、悪夢はその事件ひとつでは終わらなかった。

噂通りであれば数年に一度、ひとりかふたり程度しか発生しないはずのその異常現象を、俺たちのクラスでは、半数以上の生徒が引き起こしたのだ。

そしてどうなったか。

俺たちのクラスは、崩壊の危機に陥った。

その現象を悪用する者。誤解から逆恨みをする者。心を病んで登校できなくなった者。

遂《つい》には魔女裁判のような内輪揉《うちわも》めさえ起きた。

誰もが疑心暗鬼になり、誰かを攻撃し、敵視したことさえあった。

けれどその悪夢に、澄御架だけは逃げることなく立ち向かった。

たまたま同じクラスにいた俺は、澄御架に振り回されっぱなしの一年を過ごした。

今でも、まだわからない。

どうして、俺だったのだろうか？

あいつが何を見出《みいだ》して、俺に協力を求めたのか。

断じて、俺になにか特別な力があったわけではない。

いや、誰でもよかったのかもしれない。特別で、物語の主人公だったのは、俺ではなく澄御架だったのだから。

だがすべての事件を解決し、平凡な当たり前の高校生活を取り戻した後、

——霧宮澄御架は死んだ。


今もなお、それが信じられないという者もいる。

仕方のないことかもしれない。誰も、澄御架を直接看取《みと》ったわけではないのだから。

けれど俺は、知っている。

澄御架がもう、この教室には永遠に帰ってこないということを。

「どうして、そんなに霧宮のことにこだわるんだ?」

俺の質問に、閑莉は沈黙した。

答えを慎重に選ぼうとしているような間だった。

「私にとって、澄御架が大切な人だからです」

「へえ、あいつに命を救われでもしたのか?」

「可笑《おか》しいですか? きっとそういった人は、大勢いると思いますが」

俺の半端《はんぱ》な笑みは、閑莉の言葉で消えた。

あいつがいつどこで誰かの命を、世界を救っていてもおかしくはない。

そんなことは、俺自身が誰よりもわかっていたのに。

「お願いします。彼女を手伝っていたあなたに協力してほしいんです。明日までに返答をください。良いお返事をもらえることを、期待しています」

閑莉《しずり》は律儀《りちぎ》に頭を下げると、迷いなく教室から出ていった。

後には、苦い表情で立ち尽くす俺がその場に残されていた。

九十九里《つくもり》閑莉　その2

「昨日の件だけど、断る」

翌日の朝、登校して開口一番、俺は九十九里閑莉にそう告げた。

閑莉は自分の席に腰を下ろしたまま、驚くでもなく、透明感のある瞳でまっすぐ俺の顔を見上げた。

「どうしてですか、社さん」

「な、なんで名前呼び……いや、ともかく。変な探偵ごっこかなにか知らないけど、俺にはそんなものに付き合う理由なんて、微塵《みじん》もないからな」

「私は社さんを犬扱いはしません。安心してください」

「そこ心配してねえよ！　っていうか、なんで基本上から目線なんだよ……」

　昨日の件もそうだが、やはりこの女、だいぶおかしい。高二の女子にしては……という
より、人間としてなにか基本的なものが欠落しているとしか思えない。

「霧宮のなんたらを探したいなら、自分でやればいいだろ。俺を巻き込むな。俺はあいつ
の……べつになんでもないんだからな」

「ですが、私には社さんしかいません。見捨てないでください。段ボール箱に捨てられた
子犬を助けると思って」

「犬はおまえじゃねーか！」

　表情ひとつ変えず淡々とすがってくる閑莉が、だんだんと怖くなってきた。

　これ以上話しても無駄だと思い、俺は閑莉に背を向けた。

　チャイムが鳴り、担任が入ってきて、いつも通り朝のホームルームが始まる。

　立ち上がったとき、ふと視線を感じると、閑莉と目が合った。

　馬鹿馬鹿しい。

　俺の心中はその一言に尽きた。

　今さらそんなことをして、何になるというのか。

　俺は様々な感情に蓋をして、閑莉にこれ以上近づいてはならない、と自分を戒めた。

＊

【心霊／ネタ】××高校七不思議。消える女子高生

そんな見出しとともに、一枚の写真がＳＮＳ上に上がっていた。

写真には、学校の階段の踊り場で、残像のようにぶれまくった被写体が写っている。確かに消える直前のように見えなくもない。

俺はスマホの画面を睨《にら》みつけながら顔をしかめた。

「なんだよ、これ」

ネタにしても面白くもない。これが学校専用のローカルＳＮＳでなければ、誰ひとりとしてイイネひとつ押すこともないだろう。

だが俺の前の席でたむろしている男子連中は、ちょうどその話で盛り上がっていた。

「社さん、事件です」

背後から無遠慮にかけられた声に、俺は心のなかで天を仰いだ。

よほど無視しようとも思ったが、渋々と振り返った。

「……なにか、用か？」

「社さんは学内ＳＮＳの今朝の投稿を見ましたか？　急上昇ランキング一位のものです」

「見てない」

「社さんのスマホの画面に映っているそれのことですが？　実はその記事ですが、興味深いことに、ただの面白可笑《おもしろ》しい捏造《ねつぞう》画像ではないようなんです」

閑莉は淡々と俺の嘘を見抜いて話を進め、後ろからひとりの女子生徒を連れてきた。

知らない顔だった。他のクラスの生徒らしい。なぜか俯《うつむ》き勝ちで、体調がすぐれないのか、顔色が悪いように見える。

「話が見えないんだけど……ってか、そっちは……」

「彼女は二年三組の生徒です。今朝、廊下でスマホを手にこわばった顔で立ち尽くしていたので、事情を伺ったところ、その記事の内容に心当たりがあるそうです」

「心当たり、ってなんだよ」

「彼女も、消える女子高生を見たことがある、と」

閑莉の言葉に、連れてこられた女子がびくりと肩を震わせた。

渋々話を聞くと、彼女は昨日の放課後、校舎内を歩いているとき、突然前を歩いていた女子が忽然《こつぜん》と姿を消した場面を目撃したらしい。

突然のことだったので、相手の特徴もあまり覚えていないと。ただ、上履きの色から、二年生であることは間違いないらしい。

二年生……か。

とにかく見失ったのではなく、本当に消えたのは間違いない、と彼女は震える声で、繰り返し俺たちに訴えた。

と、そこでさらに体調が悪くなった様子の彼女に、とりあえず保健室を勧めた。

それを見送って教室に戻ってくると、閑莉が話の続きを始めた。

「彼女は嘘《うそ》を言っていません」

「例の、九十九里の特技か？　人の嘘を見抜けるっていう」

「はい」

あまりに堂々と頷《うなず》かれてしまった。俺は閑莉の眉唾な言葉をうっかり信じてしまってもいいような気になり始めていた。

「例の、一年四組で起きていた不可思議な現象と同じ可能性はありませんか？」

閑莉は真顔のまま、突拍子もない推測を口にした。

一方、俺は黙々と席に座って、机から教科書とノートを出す。まだ真面目に予習復習でもしていた方がマシだ、と感じた。

腹立たしかった。

何も知らないだろうに。

あれは、一年四組でしか起きないはずだ。現に、去年はそうだった。

そして、そのすべてを澄御架《すみか》が解決した。それを俺たちは知っている。

「私はそれに直接遭遇したことはありません。ですが、あの話はそれに該当する可能性があるように感じました。この学校のなかでのみ起きる、不可思議な現象。去年、それに直面していた社《やしろ》さんにならわかるはずです」

俺が黙り込んでいると、閑莉はわずかに身体《からだ》を引いて言った。

「私はひとりでも、事件の真相を探ります」

「……なんでそこまでするんだ？」

「事件を解決するために、澄御架の後継者が現れるかもしれないからです」

澄御架の――クラスを救った人間の、後継者。

そんなものが、都合よく現れるとは思えない。閑莉はいったいなにを根拠に、そんな妄想に囚《とら》われているのだろうか？

だが閑莉は自分の推測を、馬鹿げているとは思っていないようだった。

まるで誰かのように、強い意志を秘めた眼差《まなざ》しは、俺にはひどく居心地が悪い。

教科書を開いたまま、俺の手は止まっていた。

ありえない。

あんな非現実的な現象は二度と起きないのだと、閑莉にわからせる必要がある。

「……つくづく、この学校じゃ変なやつに振り回されてばっかりだな」

俺は開きかけていた教科書を、深いため息とともに静かに閉じた。

「社さん？」

「言っておくけど、おまえの勘違いを確かめるためだからな。べつに手伝いをするわけじゃない。誤解するなよ」

「社さん……」

閑莉は感動したような面持ちで、大きな目を瞬《しばたた》かせていた。

「ひょっとして、それはツンデレという概念でしょうか？　初めて実在を目《ま》の当《あ》たりにしました。本当にいらっしゃるのですね……」

「……今すぐ前言撤回してもいいんだぞ」

「すみません。ぜひ協力してください、社さん」

いけしゃあしゃあと真顔になる閑莉に、深いため息しかこぼれなかった。

北沢古海《きたざわうるみ》　その1

特になんの進展もないまま、あっさりと一週間が過ぎた。

「こんなところで何をさぼっているんですか、社さん」

昼休み、学校の屋上でぼうっと景色を眺めていると、閑莉がやってきた。

最近わかったことだが、閑莉は俺の居場所を特定することにかけては超能力的な勘の良さを発揮する。本当に探偵にでもなればいい。

「なにか手がかりはありましたか？」

「九十九里の方こそどうなんだよ」

「DMで定期報告をしている通りですが」

「報告？　ああ……あのスパムのことか」

「酷《ひど》い言われようです。私は無差別に送っているわけではありません」

この前閑莉にSNSのアカウントを聞かれて以来、毎日深夜0時きっかりに送られてくる簡潔な文字の羅列が脳裏に浮かんだ。

「あのな、『特筆すべき事項なし』なら、律儀に報告なんてしなくていい。俺はおまえの上司でもなんでもないんだからな」

「？　はい、勿論《もちろん》その通りです」

人形のように整った顔立ちが、不思議そうに首をかしげる。

閑莉《しずり》と話していると、ときどき人間と会話している気がしなくなる。

ちなみにこういった態度は俺だけというわけではないらしく、転校早々閑莉はクラスでも浮いていた。充実した青春の日々、というものにまったく興味がないらしい。

これだけ顔立ちが良《い》いのに残念な少女だった。

「一年四組で起きていた現象は、なんの前触れもなく突如現れると、そう聞いています。誰がそれを引き起こすのか。そして、どんな《異能》を発揮するのか」

「厨二《ちゅうに》っぽい言い方をするな」

「いずれにせよ、その現象に遭遇しないことには、特定も解決も始まりません。引き続き、私は目撃者の調査と情報収集にあたります」

閑莉は淡々と報告すると、校舎内に戻っていった。

大きなため息が出る。

やはり、消極的ながらも協力の依頼を了承してしまったのは失敗だったかもしれない。

と、早くも俺は後悔しはじめていた。

この探偵ごっこのような活動の進展がないから、ではない。

むしろ、進展などない方がいいのだ。

目の前で消える女子生徒がいる。

そんなバカげた現象が、真偽を確かめようもない噂《うわさ》のままであれば、どれだけ良いか。

ひとつだけ言えることは、あれはその非現実性によって、日常を破壊する。

力を発症した本人も、その周囲の人間関係も、なにもかも巨大な渦中に巻きこんで。

だから恐ろしいんだ。

けれど澄御架は、それを全身全霊を懸けて解決した。

クラスメイトひとりひとりに向き合い、ときに衝突し、それでも決して諦めず、希望を失わず。

「……なあ、霧宮《きりみや》。こういうとき、どうすりゃいいんだよ」

今度こそ、絶望的なため息が出たときだった。

「————……いてどいてどいてぇ〜〜〜〜‼」

切迫した悲鳴が頭上から聞こえた。

ん？　と空を見上げた俺の上に、人間が降ってきた。

刹那、死を覚悟する。

反射的に伸ばした腕で、その人間を受け止める。

だが重さと勢いを殺しきれず、俺はそのまま倒れ込みながら尻もちをつき、背中を打ちつけた。

鈍痛に悶絶《もんぜつ》し、肺から空気と一緒に苦悶《くもん》の声が漏れた。

「だ、大丈夫⁉」

俺に覆いかぶさった人間が、切迫した声を上げた。

目と鼻の先に、女子生徒の顔がある。

ゆるくウェーブのかかった金髪に、派手めのメイク。制服のリボンはルーズにゆるめられている。恐怖に染まった感情豊かな瞳は、閑莉とは正反対の、まっとうな十代の少女のものだった。

俺はその顔に、見覚えがあった。

「あー…………。北沢……さん、だよな？」

同じ二年四組の女子生徒。

まだ新しいクラスになって一カ月も経《た》っていないため、若干うろ覚えだった。

北沢、古海。確かそんな名前だった気がする。

憶《おぼ》えていたのは、彼女がクラスでも派手な——いわゆるギャルという見た目だったから印象に残っていたというのもある。

北沢さん――古海はこくこくと激しくうなずいた。

「マジゴメン！　怪我《けが》してない⁉　せ、背中とかめっちゃ打ってたし！　背骨砕けてないよね⁉」

「あ、ああ……そしたらたぶん俺は絶命してるからまだ大丈夫だと思うけど……」

「ほんと⁉　い、いちおー見して！」

テンパったままの彼女は、俺の上から下りることも忘れ、抱きつくようにして俺の背中に手を伸ばす。

そのときだった。

「社さん、朗報です。消える少女について、たった今新たな目撃情報が――」

屋上に戻ってきた閑莉が、俺と俺にまたがった金髪ギャルを前にして、一瞬で硬直した。

永遠とも思える時間が流れる。

硬直がようやく解けた閑莉は、なぜかスマホを取り出してカメラのレンズをこちらに向けた。

カシャリ。

「おい！　な、なんで今撮った⁉」

「犯行現場の証拠として」

「なんの犯行だよ⁉」

「淫行です」

「真顔でストレートな表現するな……！」

立ち上がって詰め寄ると、閑莉はこれまで以上に冷たい視線を送りつつ、俺から距離をとった。尻も背中も痛いし、散々だ。

「あー……ひょっとして、なんか取り込み中だった？　んじゃアタシ行くね！　ほんとマジゴメンね～！」

俺が閑莉にスマホの写真を消すようしつこく要求していると、その間に古海は足早に立ち去って行った。

「……ん？」

「どうしたんですか、社さん。自首するなら付き添いますが」

俺は閑莉の妄言もスマホのことも忘れて、その場で固まった。

強烈な違和感が、遅れてようやく湧いてくる。

その当たり前の疑問を、ぽつりと口にした。

「彼女――この屋上で、どっから落ちてきたんだ？」

北沢古海　その2

「彼女が空から降ってきた、というのは本当なのですか？　いかがわしい行為を誤魔化すための見苦しい言い訳ではなく」

翌日の昼休み、俺と閑莉は廊下の曲がり角で身をひそめていた。

背後にいる閑莉から矢継ぎ早に飛んでくる疑いの声に、俺は眉をひそめた。

「だから何度もそう言ってるだろ。ていうか思い出したけど、おまえあの写真は消してくれたんだろうな？」

「はい、クラウドに保存してから削除しました」

「それ消してないだろ……！　だいたい何度も言ってるけどあれは――」

「社《やしろ》さん、彼女が出てきましたよ」

「！」

はっとして前方に視線を戻す。

教室から、ひとりの女子生徒が出てくる姿を捉えた。

北沢古海だ。

俺たちは一足先に教室を出て、こうして古海《うるみ》が出てくるのを待っていたというわけだ。

先ほどまでクラスの女子たちと昼食をとっていた古海は、どこかへ向かうらしい。

俺と閑莉は、こそこそとその後を尾行し始める。いよいよ本格的にやっていることが探偵じみてきた。

古海はどこへ向かうのかと思いきや、なんてことはなく、購買部でお菓子や飲み物を買ったり、廊下ですれ違った仲の良い女子とだべったりしているだけで、特に怪しい様子は見せない。

平和な女子高生の日常風景を、閑莉は注意深く観察していたが、俺はまだ気が乗らなかった。何もないに越したことはない、そう思っているからだ。

「社さん」

「なんだよ。尾行をやめたくなったらすぐに同意するぞ」

「澄御架《すみか》とも、こんな風にして事件を解決していたんですか?」

唐突な閑莉の言葉に、俺の思考は固まった。

閑莉は首だけで振り向き、俺をじっと見つめている。

去年、澄御架と過ごした一年間。

たしかに俺は、澄御架と一緒に、様々な異常事態に対峙《たいじ》した。

日常が非日常へと切り替わる瞬間を、嫌というほど目にしてきた。

こんな風に誰かのことをこっそり調べていたことも、確かに二度や三度ではなかった気がする。

けれど、すべては遠い記憶のなかに仕舞われていた。

霧宮澄御架というひとりの少女の消失とともに。

「……さあな。そんなこともう憶えてない」

「そうですか」

明らかに惚《とぼ》けている俺を、閑莉は追及しようとはしなかった。

そういえば、閑莉と澄御架の関係を、俺はまだ詳しく知らないことに気づいた。

だがそれを聞こうとした瞬間、友達と話していた古海がまたどこかへ歩き出した。

「彼女、どこへ行くんでしょう」

「さあ……。あ、階段のぼるぞ」

古海が廊下の奥で折れる。俺たちは駆け足気味に彼女を追いかける。

階段の踊り場で、古海の後ろ姿がちらりと見えた。その直後だった。

古海の姿が、蜃気楼《しんきろう》のように揺らめく。

目を疑った。

最初、それは窓から差し込んだ光の反射かなにかのせいだと思った。よく目を凝らし、もう一度注視する。

古海の足元が透けて後ろの壁が見えた。

そこからは一瞬だった。古海の身体《からだ》は空中に溶けるようにして薄まり、小さな光が弾《はじ》けた直後、完全にその輪郭が消え去った。

「……‼」

信じられなかった。

全身に鳥肌が立ち、胸の動悸《どうき》が一気に加速する。

階段の下で、俺と閑莉《しずり》は愕然《がくぜん》と立ち尽くした。

俺は恐る恐る、閑莉に尋ねた。

「………見たか？」

「はい……。この目で、しっかりと」

隣に立つ証言者によって、いま目の前で起きたことが見間違いや勘違いではないことが証明されてしまった。

あの記事も、女子生徒が見たという心霊現象も。

「幸い、私たちが見たことは、気づかれなかったようですね」

「たぶんな。にしても……」

「私も、驚きました。こんなことが、現実に起きるのですね……」

閑莉も驚愕《きょうがく》をあらわにしていたが、俺は二重の意味で動揺していた。

「どうして……」

なぜ、北沢《きたざわ》古海が。

あれは、一年四組の生徒にしか起きないはずの現象だ。

それがなぜ、俺たち二年四組の生徒である彼女に起きているのか。

今俺が理解できることはたったひとつしかない。

忌《い》まわしき非日常の象徴が、再びその姿を現したということだけだった。

「社さん。やはり……協力していただくことは難しいでしょうか？」

閑莉の声には、今度ばかりは隠し切れない不安が見え隠れしていた。

黙り込んだ俺は、必死に自分の心に向き合っていた。

もう二度と、教室での面倒で非現実的なゴタゴタはご免だった。

なんてことない当たり前の日常が失われることの苦しさを、俺たちは嫌というほど味わった。二度と繰り返したくはない。

何か、俺にできることがあるだろうか。

澄御架の付き添いですらなくなった、ただの一般人の俺に。

——手を差し伸べればいいんだよ、社。誰にだってね。

不意に脳裏に浮かんだあいつの口癖が、俺の背中を強引に後押しした。

なにができるかなんてわからない。自信も根拠もない。

「九十九里《つくもり》」

「はい」

「ただの一般人を、あんまりアテにはするなよ。……それが、手伝う条件だ」

＊

「ってかさ。なに、この状況？」

北沢古海はウェーブのかかった金髪を指先で弄びながら、懐疑的な視線を向けた。

疑問に思うのも当然だろう。クラスメイトとはいえ、ほとんど接点のない男子と女子に、放課後校舎裏に呼び出されたのだから。

あの後、俺と閑莉は、北沢古海と直接話をしようと決めた。

怪奇現象の犯人を特定できた以上、それを遠巻きに眺めていても進展はない。

それは去年一年間の、自分自身の経験則からだった。

「あの、神波《かんなみ》……だよね？　そっちは九十九里さん。え、ってかまずふたりは何なの？

友達？　付き合ってんの？」

「なっ……」

「どちらもちがいます。私と社さんの間には感情的な関係は一切ありません」

「あそ。だよね」

俺が軽く動揺している間に閑莉が即答した。古海の納得も異様に早い。

咳《せき》ばらいをして気まずさを誤魔化し、さっさと本題に入ることにした。

「あのさ、北沢さん……」

「いーよべつに呼び捨てで」

「あぁ、うん。……北沢、いきなり変なこと言うようだけど……」

「なに」

「最近、ちょっと瞬間移動したりしてないか？」

「は？」

エクステの付いた長いまつ毛を瞬《まばた》かせ、古海が目を丸くする。

それもそうだろう。こんな日本語を日常会話で発することがあるとは、俺も一年前なら夢にも思わなかった。昔の俺なら、ここで心が折れていただろう。

「俺たちは、北沢が消えるところをこの目で見た。この前、屋上に突然現れたのも、どこかから消えて現れたんじゃないのか」

「な……なに言って」

「自分でわかってるはずだ。気がつかないはずはない。俺たちは、北沢がその力を持っていることを確かめに来たんだ」

古海は最初とは打って変わって、表情を強張《こわば》らせている。

「安心してくれ。問い詰めるために来たんじゃない。俺たちは、北沢を助けに来たんだ」

「助ける……？　なんで……あ！　べつに認めたわけじゃないかんね⁉」

明らかに動揺している。無理もない。

去年、多くのクラスメイトが今の古海と同じような反応を見せていたことを思い出す。

だからこそ、確信ができた。

「頼む、正直に答えてくれ。俺たちは本当のことを教えてほしいだけなんだ」

「ちが……べつに、アタシ……」

古海は目を泳がせ、俺と閑莉から一歩後ずさった。

まずい、と思った次の瞬間だった。

古海の姿が、再び俺たちの目の前から消えた。

「……！」

見失い、辺りをうかがう。

まさか、このタイミングで。

「社《やしろ》さん、向こうです！」

閑莉が差し示したのは、俺たちの後方だった。

古海がぎょっとしてこちらを振り返る。

まるで、自分が消えて移動したこと自体に、自分で驚いているような反応だった。

ひょっとして、彼女は――

「ま、待て！　北沢！」

「やだ、こないで……！」

そう言われて素直に引き下がるわけにはいかない。

古海に駆け寄る。だがその度に古海の身体は一瞬消失し、数メートル先へと移動していた。それが何度も繰り返される。

「やだ、なにこれ、た、助けて……！」

古海《うるみ》は混乱した様子で、パニック状態になっていた。

やはりそうだ。

古海は、この消える能力を、自分でコントロールできていない。

ますます放ってはおけない。

「頼む！　いったん落ち着いて、俺たちの話を——」

俺は必死に手を伸ばし、ようやく古海の手首を摑《つか》んだ。その直後だった。

今度は、俺の視界が反転した。

世界が光に包まれ、消える。

直後、背中を硬い床に打ち付けた。

「っ……！　いって……」

なにがどうなったのか。視界が暗闇に包まれている。なにも見えない。というか、なにか柔らかなものに顔面を押しつぶされている。

「やだ、ちょっと……！」

聞こえたその か細い声は、古海のものだった。

古海は俺に馬乗りになるような恰好《かっこう》で身体を起こす。そしてなぜか顔を赤くして胸元を隠すように腕を抱えた。その仕草の意味を理解し、俺も頬が熱くなる。

「ご、ごめん」

「あっ……いやべつにアンタのせいじゃ……って、ちょ、ちょい足！　どこに膝入れてんの……⁉　もしかしてわざと⁉」

「ち、ちがう！　そんなわけないだろ、っていうか元々は北沢が……！」

「あの……」

「「なに⁉」」

第三者の遠慮がちな声に、俺と古海は同時に反応した。

だがそこで俺の目に映ったのは、なぜか半裸姿で、手にした衣服でかろうじて身体を隠している女子生徒たちだった。

周囲を見渡す。ここはどこかの狭い教室――いや、おそらくここは運動部の更衣室だ。

なるほど、そういうことか。

それなら、柔肌と色とりどりの下着を晒《さら》している女子たちがいることも納得する。

だが悲しいことに、俺の納得ですべての問題が解決すれば世界は平和だ。

「あー……神波。さき言っておくね。マジ、ゴメン……」

次の瞬間、耳をつんざく乙女たちの悲鳴が響きわたった。

北沢古海 その3

「ほんっっっっとゴメン‼ マジで悪気はなかったんだからね……」

「は、はは……」

翌日、今度は俺と閑莉《しずり》が古海に校舎裏に呼び出されていた。

そして開口一番、全力で謝罪を受けたのだった。

もちろん、それは昨日のとある事件——俺と古海が女子更衣室に瞬間移動してしまった件についてだ。

あの後、俺は職員室に呼び出され、担任や生活指導の教職員から事情聴取を受けた。横で古海が必死にフォローしてくれたおかげで、俺は彼女のイタズラで無理やり更衣室に入らされた、ということになった。厳重注意の上、何とか無罪放免で収まっている。

勿論《もちろん》、俺の傷ついた名誉の回復にはそれなりの時間はかかるだろうが。

「社さんの尊い犠牲があったとはいえ、こうして古海さんと対話できる関係を構築できたことは何よりです」

「人を死んだみたいに言うな」

「まーでも、ふたりが悪いヤツじゃなくてマジ安心。ほら、だいたいSF映画とかだと、こういう超能力？　に目覚めた主人公って、悪役に狙われたりするじゃん？　だからもー、バレたらぜったいヤバイって思って」

「わかってくれたようで、なによりだ」

「でもさ、なんでふたりはそんなこと調べてんの？　言っとくけど、アタシ、これ使って悪いこととかしてないかんね？　ってか、やろうと思ってもできないし」

「疑ってるわけじゃない。俺たちは、北沢《きたざわ》を助けたくて。その力が、とても危険なものだって知ってるから」

「知ってるって……どういう……」

古海は怪訝《けげん》そうに眉をひそめる。

説明を省くために、俺は最もわかりやすい情報をまず最初に口にすることにした。

「北沢。俺は、一四組《いちよんくみ》だ」

「……！」

古海の顔が緊張したように固くなる。やがてそれは、憐憫《れんびん》とも悲哀ともつかない複雑な感情に変わる。俺の言葉の意味するところは伝わったようだ。

去年、俺のいた一年四組で何が起きたのか。

本当の意味では、それは当事者である同じ一年四組の生徒しか知らない。だがこの狭い学校内で噂《うわさ》は簡単に広まるもので、元一年四組——一四組といえば、悪い意味で有名だった。古海もそのことは知っていたのだろう。

「でも……なんで？　だってアタシ四組じゃないし、なんの関係が……」

「その理由は、正直俺にもわからない。ただ俺たちのクラスで起きていたことは、いま北沢の身に起きてるのと同じで、説明のつかないものだったんだ」

「それって……アタシみたいなヤバイことになった子がいっぱいいたってこと？」

「……ああ」

俺は静かに頷《うなず》いた。

すると古海はなぜか怪訝そうに眉をひそめた。

「ってか、どしたの？　なんか顔コワいんだけど……」

「え？　ああ……なんでもない」

自分でも気づかないうちに、俺はひどい顔をしていたらしい。

古海は小さく嘆息すると、やがてぽつぽつと語り始めた。

「……アタシがこんな風に消えるようになったのは、二年に上がってすぐ……だったかな。最初はマジで何が起きたかワケわかんなかったし、頭おかしくなっちゃったのかなとも思ったんだけど、だんだん、自分が空間を《ワープ》してるってのがわかってきて」

古海の口から《ワープ》というややテクニカルな言葉が出てきたことに、俺は少々意外さを感じた。

「困ってるっちゃ困ってるんだけど。消えたって好きな場所に飛べるわけじゃないしさ。たまーに昨日みたいなこともあるし。あ、でもだれかと一緒にワープしたのは初めてだったから、マジでビビったけど。ってか、よりにもよってワープした先が更衣室って、ほんと運悪いよね。あはっ、思い出すとウケる」

古海はからっと笑ってから、仏頂面《ぶっちょうづら》の俺に気づいて気まずそうにした。

まあ、俺の名誉についての問題はこの際置いておく。

「でもさ、そもそもこれってなんなわけ？　いまだに信じられないんだけど。ホントにこれが神波《かんなみ》たち一四組と同じものなの？」

古海は早口でまくしたて、まだ懐疑的な視線を向けた。

確かに、色々と説明が必要かもしれない。

それにちょうどいい人物が、学校内にいた。そういえば閑莉にもまだ紹介していなかった、と俺は今さらながら気づく。

「ちょっと、付いてきてくれるか？　力になってくれる人を紹介するから」

＊

昼休み、俺は閑莉と古海を連れて、校舎の科学準備室を訪れた。

そこに、タブレットPCを手にした白衣姿の女性の姿があった。

銀縁の眼鏡をかけた、怜悧《れいり》な相貌の美人がこちらを振り返る。

「なんだ？　今日はこの国で極秘開発されているという噂の地震兵器と、液状化危険度に関する学術論文を読み込むのに忙しいんだが」

彼女はこちらを見ようともせず、第一声から電波で科学な台詞《せりふ》を発した。

「お久しぶりです、鑑《かがみ》先生」

俺が挨拶すると、彼女がようやく顔を上げた。

そして、俺たち三人の姿をじっと観察すると、得心が行ったようにタブレットPCを机に置いた。

「おまえが来るということは、また厄介事のようだな。神波」

「はい……残念ながら。えっと、鑑知崎《ちさき》先生……北沢は知ってるっけか」

「あー、まー、いちお。アタシ生物だから、センセーの授業なかったけど」

「初めまして。九十九里《つくもり》閑莉です」

「ふむ……で、神波。どちらだ？」

知崎は、閑莉と古海を見比べて、俺に尋ねた。

どちら、というのは、この異常事態を引き起こしている本人のことを指しているのだろう。彼女です、と俺は古海を示した。

「それでは早速今日も、おまえの面白い話を聞かせてもらおうか」

知崎はにこりともせず、俺たちに部屋のパイプ椅子を無造作に勧めた。

＊

「——なるほど、空間を《ワープ》する能力か。これまで多くの症例を見てきた上で言うが、実にユニークだ。そうだろう、神波」

「はぁ……まあ、そうですね」

「え、なになに、どういうこと？　先生、この激ヤバな怪奇現象のこと詳しいの？」

「少なくとも、君たちよりは、だ。私はべつに専門家でもなんでもない。あくまで趣味でこの学校で起きる特異な事象について、調べているだけだ。……神波、おまえからはどこまで？」

「いや、俺はまだ詳しいことはなにも……」

「そうか」

知崎は頷いてふと立ち上がると、準備室に置かれているホワイトボードの前に向き合った。黒のマーカーペンを手にし、さらさらと板状に漢字の羅列を書き綴《つづ》った。俺たち全員が注目する中、その文字をみずから読み上げる。

「青春虚構具現症」

知崎が口にしたのは、世間一般的には聞き慣れない言葉だった。

案の定、古海《うるみ》はぽかんとして、目を瞬《しばたた》かせている。

「せいしゅ……え、なに？」

「この学校で起きている不可思議な現象の名称だ。もっとも私が以前、便宜上つけたものだがな。昔から学校に伝わる不思議な噂、では説明に支障が出る」

「はぁ……そーなんだ。でもなんか覚えにくくない？　べつにいーけど」

古海のナチュラルに失礼な感想にも、知崎は眉ひとつ動かさなかった。

そう。青春虚構具現症。

それが俺たちが直面している、この学校で起きている非現実的な事象の呼び名だ。

鑑知崎は物理の教師で、科学部の顧問だ。

趣味なのか仕事なのかわからないが、オカルトと現代科学両方に精通している。

「先生には去年、俺が最初の青春虚構具現症に遭遇したとき以来、色々と知恵を借りたり、協力してもらってたんだよ」

「おまえは、よほどこの現象に縁があるようだな」

「べつに俺のせいじゃありませんよ。今回は成り行きです。去年だって、ずっと霧宮《きりみや》に振り回されてただけで――」

自然その名前を口にしたことに、俺は自分ではっとした。

知崎の眼鏡の奥の瞳で、複雑な感情が揺れ動いて見えた。

「霧宮のことは、残念だった」

「……はい」

「それにしても、まさか一年四組でしか発生していなかった青春虚構具現症が、二年四組の生徒に起きているとはな……」

「はい。俺も驚いてます。……先生。また色々と、頼らせてもらうかもしれません」

「それは問題ない。さて、北沢古海。と、転校生の九十九里閑莉。おまえたちは、青春虚構具現症について、どこまで知っている？」

「アタシ？　や、ぜんぜん知らないに決まってんじゃん」

「私も、当事者である先生から直接ご教授いただけると幸いです」

「話し甲斐《がい》があるようでなによりだ」

知崎は得意げに頬を緩め、手持ちのタブレットを操作する。

画面に表示された一枚の写真を、俺たちに向けて見せた。そこに写っていたのは、数えきれないほどの机と椅子が並んだ学校の校庭だった。

「これは去年の春に起きた、とある事件の記録写真だ。北沢、おまえもこの学校の生徒なら覚えがあるんじゃないか？」

「あーうんうん思い出した！　これマジやばかったよね。教室行ったら机全部なくなっちゃってさ。おかげで午前中の授業潰れてラッキーって思ったけど。でも結局、誰かのイタズラだったんでしょ？」

「正確にはちがう。これも、青春虚構具現症によって引き起こされた現象のひとつだ」

「へ……？」

「これは、一年四組のある生徒が、教室に自分の居場所がないことを気に病み、周囲の環境ごと改変してしまった結果だ。教室という空間そのものが利用できなくなってしまえば、自分だけ居場所がないことなど、気にする必要がなくなるからな」

「な、なにそれ？　どっちにしろ、ちょーメイワクなんですけど」

「その通りだ。だが、その厄介な能力、あるいはそれによって引き起こされる現象こそ、青春虚構具現症であり、いま北沢が発症しているものと同じなんだ」

急に矛先を向けられた古海が押し黙る。

「鑑先生、青春虚構具現症とは、なにが引き金となって引き起こされるのですか？」

「いい質問だな、転校生。青春虚構具現症にはいくつかの法則がある。まずこの現象は、その者が持つ《根源的な願望》が形となって、現れるものだ」

「根源的な、願い……」

俺は去年一年間、澄御架《すみか》や様々なクラスメイトたちと、青春虚構具現症に対峙《たいじ》した。

彼ら彼女たちが持つ願いこそ、すべての根源であり元凶なのだ。

「さて、ここまでおまえたちに聞いた情報からすると、北沢《きたざわ》古海が発症した能力は、《突発性テレポート》とでもいうべきもののようだな」

「センセ、アタシ的にはテレポートじゃなくてワープなんだけど」

古海が謎のこだわりを見せる。

すると知崎は、ふむ、と頷いてその言葉をホワイトボードに書き足した。

突発性ワープ、か。確かに的を射た表現かもしれない。

「では、北沢がその突発性ワープを発症しているのであれば、それはおまえの願望がその現象を生み出した、ということになる」

「ちょっ……待って、意味わかんないんだけど。アタシ、べつに消えたいなんて思ったことも一度もないけど？」

「もう一度言おう。その者が持つ《根源的な願望》が形となって、現れる。つまり、おまえ自身が自覚しているかどうかは関係がない、ということだ」

知崎の歯に衣《きぬ》着せぬ断言に、古海は言葉を失っていた。

無理もない。

いくら自分自身が体験しているとはいえ、正体不明の怪奇現象に加えて、その原因は自分がそれを願ったからだ、と説明されたのだから。

「やはり、心当たりはないようだな。一年四組の生徒も、大半がそうだった」

「……当たり前じゃん。ばかみたい」

「だが、その根源となる願望と、それに紐《ひも》づく精神的な問題を解消しない限り、青春虚構具現症を解決する道はない。少しは、自分の胸に手を当てて考えてみたらどうだ？」

詰問《きつもん》するような知崎の言葉に、古海の顔に憤《いきどお》りが浮かぶ。

それを横目に、俺は内心ため息をついた。

これが、青春虚構具現症の難しいところだ。

自覚すらしていない願い、悩み、強い感情、衝動。

それらを突き止めて、解決に導くことが、青春虚構具現症に対する唯一の対峙方法。それをするためには、発症した生徒と深い関係を築き、向き合う必要がある。

だが、誰もが自分の心をオープンにさらすわけではない。そもそも、たかだか十六歳程度の少年少女たちが、それほど精神的に成熟しているなら苦労はしない。

人間ひとりに向き合うということは、大変なことだ。

教師でも聖職者でもない未成熟な俺たちが、同じように未成熟なクラスメイト相手にそれをやり遂げるのは、容易《たやす》いことではない。

「……と、話を聞くのは私の役割ではなかったな。そうだろう、神波《かんなみ》」

知崎の視線に込められた意味は、すぐにわかった。

「北沢。なにか、自分で心当たりはないのか？」

俺が尋ねると、古海は露骨に表情を険しくした。

「……あるわけないし。ってか気分悪いんですけど。アタシがこんなコト望んでるわけないじゃん！　なんにもこれっぽっちも思い当たることないから！　……帰る」

古海は金髪をなびかせ、そそくさと俺たちに背を向けた。

事実を伝える必要があったといえ、受け止めるには時間が必要かもしれない。

俺たちもとりあえず知崎に挨拶をして、科学準備室を後にした。

廊下に出て、教室に戻るため歩き出した俺を、閑莉《しずり》が呼び止めた。

「社《やしろ》さん、彼女は嘘《うそ》をついています」

閑莉が断定した。こいつが他人の嘘を見抜ける特技を持っていたことを思い出す。

「嘘って……どんな？」

「それはわかりません。ですが、古海さんはなにか私たちに隠し事をしています。おそらくは、他の誰にも明かしていない、彼女自身の秘密が」

閑莉の鋭い言葉を、俺は自分の心のなかで繰り返した。

それはまるで、俺自身に向けられているようにも聞こえた。

北沢古海　その4

「次はどう出ますか、社さん」

休み時間の教室で、閑莉は俺に問いかけてきた。その視線は、いつものように派手めな女子のグループで快活に笑い合う古海に向けられている。

隠し事、と閑莉は言った。閑莉も嘘の有無を見分けられるだけであって、その内容まで読み取れるわけではないらしい。

知崎《ちさき》も数少ない《大人》の味方ではあるが、実際に足を動かして調べるのは、いつも俺たち自身だった。それは澄御架と一緒にいる頃から変わらない。

「考え中だ。九十九里《つくもり》こそ、勝手に先走るなよ。北沢を追及したって、これは解決するわけじゃないからな」

「では何か弱みを握って、それをネタに脅すのはどうでしょうか？」

「却下だ……！　発想がいちいち物騒なんだよおまえは」

「冗談です。笑ってくれると思ったのですが」

「真顔で言われても説得力ゼロなんだが……」

呆《あき》れてため息も出ないでいると、閑莉がぽつりとつぶやいた。

「こんなとき、澄御架ならどうしていたんでしょう」

閑莉の視線は、窓の外、どこか遠くへと向いていた。

その呟《つぶや》きは俺への質問ではないようだった。

「そういえば、さきほど北沢さんが図書室から出てくるところを目撃しました。特に不審な点は見当たりませんでしたが、少々意外でしたので一応報告です」

「図書室？　ああ、そう……」

確かに、意外と言えば意外だ。本を借りているのか、自習をしているのか、どちらにせよザ・ギャルというキャラの古海の印象とはあまり重ならない。

チャイムが鳴り、閑莉は淡々と席に戻っていく。

さきほどの閑莉のなにげない呟きが、頭のなかに残り続けていた。

澄御架なら、どうしているか。

そんなことは、俺がいつだって考えていることで。

俺が一番知りたい答えだった。

＊

俺は放課後、図書室に足を運んでいた。

もしかしたら古海《うるみ》がいるかと思ったが、残念ながらその姿はなかった。

なんとなしに本棚を眺める。案内には【海外小説】という区分けが書かれていた。

「さすがにこっちにはいないよな……」

うちの学校の図書室は、やたらと小説コーナーが充実している。海外の古いハードSF小説やミステリーなども並んでおり、もし本好きなら俺も楽しめたのかもしれない。

だがそこにも、やはり古海の姿はない。

完全に機を逸してしまったとため息をついた、その直後だった。

またしても突如として、古海が俺の頭上に現れた。

今度は身構える一瞬すらなかった。

古海の臀部《でんぶ》に押しつぶされるようにして、俺はその場に倒れた。

ぐぇ、と喉の奥からカエルのような鳴き声を上げる。

「な、なんでまたいんの⁉ ってかゴメン！ ああもう、なんでまたアタシ勝手にワープして……神波、生きてる⁉ 今度こそ死んでない？」

「い、生きてるよ……一応な」

古海は動揺しながら慌てて俺の上から尻をどける。

青春虚構具現症にかかわると、身体《からだ》がもたない。それは去年一年間で俺が学んだ教訓のひとつだった。

だが起き上がった俺は、ある強い違和感を覚えて固まった。

「……ん？ どしたの？」

「あれ……北沢って、眼鏡かけてたっけ？」

古海は珍しく、四角い黒縁眼鏡をかけていた。

俺が指摘した瞬間、古海の顔が沸騰したように、紅潮していく。

「――え？」

ふと、つま先がなにかにぶつかる。床に一冊のSF小説らしき本が落ちていた。

「ちょ、待ってそれ——」

拾い上げて棚を見回したが、どこにも隙間はなかった。ここから落ちたのではないらしい。だとすれば……。

「これ、もしかして北沢の？」

「は、ハァ⁉　ちがうし！　べ、べつにクラークもハインラインも読んでないから⁉」

「……なに言ってるんだ？」

「っ～～～～～⁉　と、とにかくなんでもないから……！」

古海はコマのように背を向けた。

その背中は、今すぐこの場から脱兎《だっと》のごとく逃げ出そうとしている。

そのとき、閑莉の言葉が脳裏によぎった。今を逃してはならない。

「待って」

俺がとっさに引き留めると、古海がぎょっとして振り返る。

「俺は、北沢の青春虚構具現症を解決したい。もし、隠していることがあるなら、話してほしいんだ。じゃないと、ずっとこのままだ」

できる限り精一杯の真摯さを込めて、そう伝えた。

古海は言葉を失っていたが、やがて、力を失《な》くしたように視線を床に落とした。

「……守秘義務」

「え？」

「絶っっっ対に他の人に漏らさないって、約束してくれんなら……。あ、それと」

古海は顔を背けて、めずらしくぼそぼそと呟いた。

「なに聞いても……笑わないって」

「？　あ、ああ。もちろん。約束する」

古海はわしゃわしゃと金髪をかき乱してから、大きく深呼吸した。

「その本……アタシが……借りたやつ、なの」

「この小説？　ああ、そうなのか。じゃあもしかして……これを返しにこようとして、ワープしたってことか？」

「わざとじゃないってば。そんな風に好きな場所に飛べないって言ったじゃん。だいたいそれまだ読み終わってないし」

「あ、なるほど。もしかして、それで眼鏡？」

「わ、悪い⁉　コンタクトより読みやすいんだってば……！」

「べ、べつに悪くないけど……。というか、ひょっとして、それが北沢《きたざわ》が隠してたことなのか？」

　古海は気まずそうに視線をそらした。

　派手なギャルという見た目や印象と、古いＳＦ小説好きというのは、なかなかすぐには結び付かなかった。確かに意外だが、だとしても必死に隠すほどのことだろうか？

　それが本質ではない、と感じた。

　きっとあいつなら、ここで引いたりしない。

「北沢、頼む。北沢に起きていることを止めるための、なにか手がかりになるかもしれないんだ」

　彼女の目を見て改めて要望すると、古海はその場で地団駄を踏んだ。

　すると、なぜか顔を覆いながら、スマホの画面をずばっとこちらに突き付けた。

「……………か…………る」

「……あの、ごめん。よく聞こえない」

　次の瞬間、古海が俺の襟元を摑《つか》んで、まるで恋人のような距離感まで顔を近づけた。心臓が跳ねて、息が止まる。

「だ・か・ら！　か、かか……書いてたり、すすす、するんだってば……！」

「か、かく？　ってなにを…………………あ」

古海が突き付けているスマホの画面には、横書きの文章が書き連ねられていた。

右上には、作者：電脳ウサギ と名前があった。

「ひょっとして……自分で小説を書いたりしてる……って、こと？」

古海は、もはやゆでダコのように顔を赤らめながら、こくりと頷《うなず》いた。

「小説の……投稿サイトとかに……アップしたり……してる」

「ああ……そういう意味か」

ようやく古海の奇妙な態度の謎が解けた。

確かに、それを他人に言うのは、少し勇気がいることなのかもしれない。

「ぜ、ぜったいに……他の誰にも言わないでよね……‼」

「わ、わかったけど……あの、北沢、顔、近い……」

「は？」

俺もだんだん顔が熱くなってきたので遠慮がちに言うと、古海も至近距離同士で顔を突き合わせていることに気づく。

そこで、古海の平常心は臨界点を超えてしまったらしい。

「あ、あああ、あ……アタシの秘密の告白に比べたら、顔が近いくらいっ、どーでもいいでしょうがぁ〜〜〜！！！」

謎のブチギレが、図書室の静寂を木端微塵《こっぱみじん》に破壊したのだった。

北沢古海　その5

朝、登校して教室に入ると、古海にいきなり話しかけられた。

「お、北沢。おは──」

「いいからこっち来て……！」

「え、あ、ちょっと」

古海に強い力で腕を引っ張られ、廊下の端の方へと連れていかれた。

ただならぬ様相で、古海がじっと俺の顔を睨《にら》みつける。その目は赤く血走っていた。普段から若干印象がキツめなギャルメイクでもあり、異様な迫力がある。

「き、昨日のこと……誰にも言ってないでしょーね……!?」

「昨日のって……北沢が眼鏡かけてること？　本好きってこと？　それともネット小説書いてもご──」

「全部言ってんなばかっ……！」

「か、神波《かんなみ》……！」

古海が俺の口と鼻を思いっきり押さえる。口はともかく、なぜ鼻までつまむ必要があるのか。息ができない。このままでは死んでしまう。無我夢中で腕を振りほどいた。

「ぷはぁ！　お、落ち着けって……！　大丈夫だから」

どうにか信じてもらおうと訴える俺の顔を、古海は注意深くじっと観察した。

古海なりに必死に真偽を確かめているようだった。

ようやく納得したのか、深いため息が聞こえた。

「ならいいんだけどさ。……ってか、疑ってゴメン」

「いや、俺の方こそ口に出して悪かった。死にたくないし、今後は気をつける」

「っていうか、は、初めてだったんだから……あの話、人にしたの。友達の誰にも言ってないんだかんね」

「そっか、教えてくれてありがとな。あ、それと早速昨日読んだぞ」

「は？　なにを？」

「だから、北沢の作品」

「は？？？」

古海は目を丸くして、固まっていた。まるで脳がフリーズしたような反応だ。

「だから……北沢が書いたネット小説」

次の瞬間、古海《うるみ》は再び俺の口を思いっきり両手でふさいで、そのまま俺を壁に押し当てた。今度は口と鼻となぜか目まで覆ってくる。

「な、なにも見えない……」

「なななななっ……なんで⁉　なんで、どうやって、アタシの作品知って……」

「いや、昨日見せてくれたスマホの画面に、書いてあったから。てっきり、わざわざ教えてくれたのかと……」

「〜〜〜〜〜ッ⁉」

古海は声にならない声を上げ、その場で身体をくねらせた。

いったいどういう反応だろうか。もしかして、恥ずかしがっているのか。

だとしたら申し訳ないことをしたかもしれない。

「あ、ごめん。嫌だったら、もう話題にしないって。もちろん、ペンネームのことも誰にも言わないし」

俺が即座に謝ると、古海は急に黙り込んだ。

奇妙な反応と沈黙だった。どうしたのだろう。怒っているのだろうか。

しばらくして、古海は外に視線を向けながら、窓の縁につつっと指をはわせた。

「…………………………………………………………で？」

俺はしばし、目を瞬《しばたた》かせた。

「で……とは？」

「だっ、だっ、だから……か、かかっ、感想のひとつくらいないわけ!?」

「感想？　あー……」

どうやら、地雷を踏んだというわけではなかったようだ。

古海はおそるおそる、といった様子で、俺の答えを求めていた。

どう言ったものか。俺は昨晩読んだ、古海こと作者『電脳ウサギ』のネット小説について思い起こしていた。

確か作品タイトルは、『JK銀河英雄譚《たん》』だった気がする。

その内容は、派手な見た目の女子高生ギャル・リサが数千年後の世界にタイムトラベルするSFものだった。そこで太陽系を支配する銀河帝国を舞台に、大艦隊を率いる若きエリート侯爵と出会い、そこから銀河規模の戦争に巻き込まれながら、平行世界と多次元宇宙の謎に迫っていく……という内容だった。気がする。

自分の理解が合っているかどうかを脳内で確認しながら、俺は古海に向き合った。

「そうだな……うーん、壮大？　ですごかった」

「ほ、ほんと⁉」

「うん。俺はあんまネット小説は読まないし、ＳＦにも詳しくないんだけど、なんていうか海外の映画っぽい内容だなっていう気はした」

「は、ハリウッドで映画化するにふさわしい作品⁉　ばかっ、そんなお世辞言わなくても……」

「誰もそこまで言ってないけど……」

「で、でもでも！　ネットのコメントだと『ほとんどセリフだけで状況がよくわかりませんでした』とか『作者オリジナルの造語が多すぎてイミフ』とか、『そもそも日本語が怪しい』とか、なんかやたら上から目線の感想が多くて……」

「それは、まあ俺も正直思ったけど……って、おい北沢、大丈夫か？」

「うぐぐっ」

古海は急に胃の当たりを押さえて青ざめていた。

「わ、悪い。気に障《さわ》ったなら……」

「……ううん。べつに、神波は悪くないし。はっきり言ってくれて……ありがと」

古海は引きつった笑顔を浮かべたが、明らかに意気消沈していた。

ばっちり決めたメイクや手入れされた金髪が、いつもとは違って翳《かげ》って見えた。

「どーせPV数も100話くらい書いて二桁だし、フォロワーも3人くらいしかいないし。アタシの小説がつまんないことなんて、アタシが自分でわかってるんだってば」

古海は自嘲気味に笑った。

いつも教室で談笑している古海の姿は、怖いものなどないように見えていた。だが今は年相応の脆弱《ぜいじゃく》さが露《あら》わになっている。

こういうとき、何を言えばいいのだろうか。

俺は創作にも小説にも詳しいわけでもないので、具体的なアドバイスはできない。

それでも、なにかできることはあるはずだ。なにか——

ふと脳裏によぎったのは、自分でも呆《あき》れるくらい凡庸なことだった。

「あのさ、北沢《きたざわ》が書いたもの、俺また読むよ」

「え……」

「そしたら感想、また話してもいいか？　読者がいた方が、そういうのって捗《はかど》るんじゃないかなって思ってさ。もちろん北沢が嫌じゃなければ、だけど」

古海は俺をまじまじと見つめていた。

長いまつ毛に挟まれた瞳が、急速に潤んだように見えた。

「……い、いいの？　ムリしてない？」

「もちろん」

古海は落ち着かなさそうに視線を泳がせる。そのとき、予鈴のチャイムが鳴った。

教室に戻らなくてはならない時間だ。

古海は無言で歩き出す。

やはり迷惑だったかと反省していると、古海がふとこちらを振り返った。

そして、ぽつりとつぶやく。

「……毎日、0時に更新するから。ちゃんと、読んでよね」

北沢古海　その6

毎日深夜0時になると、俺は家でベッドに転がりながら、スマホで古海のネット小説の更新をチェックするようになった。

そんな日々が一週間ほど続いた。

「か、感想は!?」

「お、おはよう……北沢」

毎朝顔を合わせる度、開口一番に古海はそう聞いてきた。

もちろん、話を聞かれないよう人気のない場所に連れていかれるのだが。

「えっと……まず、前より少しセリフ以外の説明が増えて、わかりやすくなった」

「で、でしょ⁉　マジめっちゃ苦労して書いてんだから！」

「あと内容だけど、リサがループする平行世界から脱出するところとか、面白かったぞ。あれだよな、また別の平行世界？　が出てくるんだっけ」

「そ、そう……！　あとこれから時間が逆に進む平行世界と、重力が真逆になっている平行世界と、未来の記憶が見える平行世界と、現実と虚構が入り混じった電子空間上の平行世界が出てくるんだけど――」

マシンガンのごとく古海の語りは途切れない。

彼女にこんな一面があるとは、教室で派手なギャルがいるなぁと思ってぼんやり眺めているときには想像もしなかった。

相変わらず、ところどころ日本語がおかしかったり、内容が壮大すぎて付いていけないところは多かったが、それでも、これが好きでこれを書きたいんだろうという強い情熱は、はっきりと伝わってくるような作品だった。

「好きなんだな、書くの。俺にはできないし、すげえなって思うよ」

「なっ……べ、べつにすごくなんかないし……」

古海は癖なのか、ときおり金髪の毛先を指先でいじっている。

ふと、気になったことがあった。

「そういえば、最近はあんまワープしてないのか？」

「え？　あー……そーいえば、そうかも。なんでだろ」

古海の青春虚構具現症である《突発性ワープ》は、古海の意思とは無関係に起きてしまうものだった。

だが、古海は言われてようやく思い出したような反応だった。

本当に、ここ最近は起きていないのだろう。思い当たる理由もないようで、首をかしげている。

原因は皆目見当がつかないが、良《い》い兆候だと感じた。

そもそも青春虚構具現症について、原理原則をすべて解明するのは困難だ。

だからこそ、現実にどういう変化が起きているのか、それ自体がなにより重要だった。

良いニュースのはずだが、なぜか古海の表情は曇っていた。

「…………はぁ」

「北沢？　何か、困ってるのか？」

「あ、ううん。べつにワープすることについてじゃなくてさ。アタシの小説……神波《かんなみ》が読んでくれて感想くれるのは嬉《うれ》しいんだけど……結局、たいして読まれてないんだよね。増えたPVも自分と神波が回してるだけだろーなって。ちゃんと毎日更新してるのに……なんでなんだろ。一応、ランキングに乗ること目指してんのに」

「それは……」

俺は言葉に詰まった。

たしかに古海の小説は個性的だが、お世辞にも文章が読みやすいとは言えないし、とっつきにくい内容であることは、俺自身も感じていた。

かといって、古海の情熱が詰まったそれを、否定することは気が引ける。

「毎日がんばってんのに……なんか、ムカつく」

「北沢……」

「あ、ご、ゴメンね、愚痴っちゃった。とにかく神波が見てくれるなら、ちゃんと書き続けるから。まだ120話だけど、序盤中の序盤だかんね」

「そ、そうなんだ」

想定以上のスケールとボリュームの物語だったらしいことに驚愕《きょうがく》しながらも、俺はさきほどの古海の曇った表情のことが、心に残っていた。

＊

休日を挟んだ数日後の朝。

俺は教室で、スマホを片手に持ちながら、右手で紙のメモ帳にシャーペンでつらつらとメモを取っていた。気づくと閑莉《しずり》が不思議そうにこちらを覗《のぞ》き込んでいた。

「社《やしろ》さん、授業の予習ですか？　珍しいですね」

「そんなんじゃない。ちょっと、自分の理解を整理するためにだな……」

何度もスマホ画面をスクロールして、文字を追う。地道な作業をしていると、チャイムが鳴る直前、滑り込むようにして古海《うるみ》が教室に入ってきた。

「お、おはよ神波！」

古海の様子が、いつもとは様子がちがった。

目の下には疲れているのかクマが見える。だがそれとは裏腹に興奮した様子で、溢《あふ》れんばかりの笑顔を見せている。いったい、何があったのだろうか。

「神波！　見て見てこれ！　アタシの新作っ！」

古海は周囲に聞こえないぎりぎりの声量で言うと、俺にスマホ画面を突き出した。

そこには古海が小説を載せている投稿サイトの、日間ランキング、というページが表示されている。いつも俺は、ブックマークした古海の作品しか読んでいないので、ランキングというのをちゃんと見るのは初めてだったが、すぐに驚くべきことに気づいた。

1位：『未来からの来訪者』 作者／電脳ウサギ

見覚えのある名前が、そこに堂々と記されていた。

「土日に書いたやつ昨日の深夜に投稿したら、短編の新作ランキング一位になったの！　めっちゃすごくない⁉」

俺は唖然《あぜん》として、言葉が出てこなかった。

「新作って……前のやつの更新じゃなくてか？」

「そ！　実はさ、なんか急に新しい作品のアイディアが湧いてきたんだよね！　んで書き始めてみたら手が勝手に動くっていうか、気づいたらもう出来上がってたっていうか。試しに投稿したら、急にめっちゃ読まれて、フォロワーも一気に５００人くらい増えたの！　ひょっとしてアタシ、天才じゃない？」

古海は饒舌《じょうぜつ》に語り、全身で喜びをあらわにした。

俺はまだ、状況に理解が追い付いていない。

「あ！　ほらまた通知きた！　今でも胸ドキドキしてるし……やっとアタシの努力が報われたって感じ？　……って、なんか言ってよ神波。リアクション！」

「あ、ああ……すごいな、ほんとに」

「ってわけで、今日からはランキング常連目指すからね。次のやつは、しばらくはまとめて書いてアップするから、今のうちに生まれ変わったアタシの作品、ちゃんと読んどいてよね。じゃね～♪」

古海は慌ただしく自分の席に戻っていった。

俺は驚きに飲まれながら、自分のスマホで古海の新作を開いてみる。

つらつらと目で文章を追っていくうちに、驚愕した。

ほとんどセリフばかりだったはずの文章には、しっかりとそれ以外の地の文も書き込まれていて、日本語として怪しい部分や、漢字の使い方の間違いなども、ほとんど見当たらない。まるでプロの作品のようだった。

「どうなってんだ、いったい……」

古海の笑顔とは裏腹に、俺の胸には言い知れぬ不安が広がりはじめていた。

北沢古海　その7

「なるほど……それは確かに、奇妙な出来事ですね」

俺の話を聞いた閑莉は、興味深そうに顎に手を添えた。

帰りのホームルーム後、教室に人気はまばらだった。古海の姿もすでにない。

仲の良い他の女子にそれとなく聞いたところ、最近古海はバイトが忙しいのか、放課後はすぐにひとりで帰ってしまっているらしかった。

最初、この話を閑莉にするのは抵抗があった。なぜなら古海がオリジナルのネット小説を書いて投稿していることは、ふたりの秘密という約束があったからだ。

だが律儀《りちぎ》に約束を守ることより、俺は自身の不安を優先させた。

なにか、良くないことが起きている。

ほとんど取り柄らしい取り柄もない俺だが、悪い予感だけはよく当たる、というのは、昔澄御架《すみか》にも言われたことだった。

「古海さんを疑うようですが、盗作、という可能性はありませんか？　どこかで発表されている別の作品から文章をコピーした、など」

「それは……ないと思う。同じタイトルの作品はないみたいだし、サイトのコメント欄にも、そういうことに触れる書き込みは一切なかった」

「では、別人が書いている可能性は？」

「それは……わからない。けど、それも考えにくい。ただでさえ、ずっと書いてきたことを隠してたくらいなんだ。創作仲間がいる……なんて話も聞かなかったし」

閑莉はじっと考え込んでいる。

怜悧《れいり》な眼差《まなざ》しが、闇の中に潜んだ真実を探索していた。

「これも……彼女の症状と、なにか関係があるのでしょうか？」

「ないと思いたいけど、現状はなんとも言えない」

もし仮にそうだとすれば、それはかなり悪いケースだ。

だれも知らないうちに、事態が俺たちや古海自身の手に負えないものになっている可能性すらあった。

閑莉はスマホを取り出し、俺が教えた古海の作品を開いた。

「私も社さんに教えていただいて拝読しましたが、確かに素人目《しろうとめ》にも、見事な作品だとわかります。高評価なのも頷《うなず》けるかと思います」

「それは、俺もそう思う。それに、北沢《きたざわ》が努力して毎日書いてたのも知ってる。だから少しずつ文章力が上がったり、話のつくり方が上手《うま》くなったりすることは、たぶんあるんだと思うけど……」

それにしても、あまりに急すぎる。

素直に成長を称《たた》えるには、不自然な点が多すぎた。

「なるほど。まるで成長の過程を飛ばしたようなスピード感、ということですね」

閑莉のなにげない言葉に、はっとした。

「……今、なんて言った？」

「はい？」

成長の過程を飛ばした……？

古海が発症した、突発性ワープという現象。

それが止《や》み、今度は古海はみずからの小説の完成度を異様な速度で、急激に上げた。

まさか、古海の青春虚構具現症の本質というのは――

そのとき、俺のスマホに通知があった。

あの小説投稿サイトで、フォローしている作者が作品を投稿したという報《しら》せだ。

古海の作品が更新されていた。更新は、わずか一分前。

古海は今もリアルタイムで、作品を書いている。

まだ授業が終わって三十分も経《た》っていないというのに。

ひょっとして、古海はまだ――

ガタッ、と俺は反射的に椅子をはじいて立ち上がっていた。

「社さん？」

「北沢は、まだ学校のどこかにいる」

「はい？」

「……帰ってない」

＊

俺と閑莉は手分けして、古海の姿を捜した。

閑莉は説明を俺に求めていたが、それは後だ。事態は急を要する、そんな悪い直感が、俺のなかでひどく警鐘を鳴らしていた。

幸いにも、古海の姿はすぐに見つかった。

図書室の奥で、彼女は書架にもたれかかりながら、スマホをいじっていた。

「北沢――」

声をかけようとして、俺は固まった。

古海はすさまじい速度でスマホをフリック操作していた。

その目は画面の一点に注がれ、瞬《まばた》きすらしない。

その言い知れぬ不気味さに、全身に寒気が走り、肌が粟立《あわだ》つ。

「あれ？　神波《かんなみ》じゃん。どしたの？」

古海はふと、こちらを見ていた。

さきほどまでの異様な迫力は消えている。だが、相変わらず顔色が悪い。

「あ……その、北沢に、話があって、来たんだ」

「なに？　あたし、執筆で忙しいんだけど。ほら、沢山の読者がアタシの新作を待ってるわけじゃん？　人気作家のさがってやつ？」

古海は恥ずかしそうに笑っていた。

一方、俺の中ではパズルのピースが埋まっていくように、様々な事象がひとつの事実に向かって収束していた。

だから、言わなければならない。訊かなければいけない。

「北沢」

「ん？」

「北沢の作品……本当に、お、おまえが書いてるのか？」

俺の言葉に、古海の表情が凍りついた。

スマホを持っていた手が、力なくだらりと垂れ下がる。

「……は？　それ、どーゆー意味？　見てわかんない？　アタシがちゃんと自分で書いてんですけど。なんか疑ってるわけ？」

「……ああ、疑ってる」

はっきりと頷くと、古海《うるみ》はかっと頰を紅潮させた。

伸びた腕が俺の胸倉を摑《つか》んだ。

「ハァ⁉　アンタ、何が言いたいわけ？　アタシが、この手で書いてるって言ってんじゃん！　なんなの⁉　神波はアタシの作品、楽しみに読んでくれてると思ったのに……」

俺は古海の剣幕にも動じなかった。動じている場合ではない。

ここで逃げたら、もう誰も止められなくなる。

俺は古海の手首を摑んだ。

「書いているのは、北沢であって、北沢じゃない」

「……は？　マジで意味わかんないし……」

「書いているのは、未来にワープした、いや、ワープした北沢自身だ」

俺の口から出てきた突然の言葉に、古海は唖然として目を丸くした。

「はっ……。アンタ……なに言ってんの？　頭大丈夫？」

「北沢の青春虚構具現症は、姿が消えることが本質じゃない。移動する過程を省略した結果、ワープしただけだ。過程を省略すること。それこそが、おまえが引き起こしている現象の正体だ」

「は……いや、だから、全然わかんないんだけど……」

「今北沢が省略しているのは、北沢が作家として日々少しずつ成長していく過程なんだ。突然すごいスピードで、高い完成度で作品を書けているのは、それが理由だ。けど……それは言ってしまえば未来の北沢が書いているだけで、今のおまえが書いているわけじゃない。おまえの願いによって引き起こされてる、ただの呪いだ」

「……‼」

「こんなこと、やめろ。青春虚構具現症は、危険な力なんだ」

俺の襟元を掴んだ古海の手から、するりと力が抜ける。

古海は激しく動揺した表情で後ずさると、後ろの書架に背中をぶつけた。

「ちが……アタシ……そんなつもり……全然。だって、これはアタシが書いてて……あ、あれ……でも、なんでこんなに実感がなくて……お、おかしいって思ってて……あ、あれ？　アタシ今、何言ってんだろ……」

「北沢……」

「来ないで……！」

古海が金髪を振り乱し、俺を遠ざけた。

次の瞬間、書架が激しく揺れた。

そして、古海の姿は忽然《こつぜん》と消えていた。

まもなく廊下の奥から、彼女の悲鳴が俺の鼓膜をつんざいた。

北沢古海　その8

俺は夕暮れの校舎を走り回っていた。

激しくワープを続ける古海の姿を捉えようと、廊下を進んでは戻り、階段を上っては下りる。それをひたすら繰り返す。

途中、閑莉《しずり》とも合流した。詳しく事情を話している暇はないが、再び手分けして古海を追跡することにした。

これほど激しいワープは、今までにも起きていない。

明らかに青春虚構具現症が暴走している。これは最悪の兆候だった。

どこだ。いったい、どこにいる。

俺はふと、古海に最初に出会った場所を思い浮かべた。

そうだ、屋上――

急いで階段を駆け上がり、三階の屋上へと繋《つな》がる扉を押し開く。

――いた。

消えては現れる不規則な明滅を繰り返す古海の姿が、屋上をまるで弾《はじ》かれたビリヤードの球のように移動し続けている。

ぞっとした。

これが続けば、いったい古海はどうなってしまうのか。

「北沢っ……！」

俺は古海の名前を叫んだ。

古海が俺の存在に気づき、はっとする。

「か、神波、たすけ――」

次の瞬間、古海の姿がかき消えた。

どこだ。今度はどこに移動したのか。

甲高い悲鳴につられて、視線を向ける。

その先――屋上を取り囲む高い二重フェンスの向こう側に、古海の姿はあった。

「うそ、だろ……」

古海は顔面蒼白《そうはく》で涙を流しながら、震える足で、必死にフェンスにしがみついている。

もし、このままワープして、古海の身体《からだ》が空中に投げ出されてしまったら。

「やだ、怖い……かんなみぃ……」

「頼む、動くな……」

俺はゆっくりと、一歩ずつ、古海の方に近づいた。

時間をかけて、ようやくあと数メートルという距離まで到達する。

だが途中でまた古海の身体が、消えかけの蛍光灯のように激しく明滅する。

まるで、これ以上近づいたら、今度こそその身体を放り投げると言わんばかりの反応だった。

どうすればいい。迷っている時間も助けを求めにいく余裕もない。

奥歯を強く噛《か》み締めた。

俺はなんて無力なのだろうか。

去年、どれほど同じ思いを味わったことだろう。青春虚構具現症に、明確な解決策はない。いつだって俺たちにできることは限られている。

同い年のクラスメイトの強い願望や悩みに、俺はなにもできない。

あいつのようには、できない。

「……わかってた」

「え？」

「これがアタシが自分で書いたものじゃないって……わ、わかってたの……。だって、アタシが、こんなの書けるわけ……ないし……」

古海は真っ赤に目を充血させながら、かすれた声で告白した。

「でも……悔しかったんだもん……！　誰も！　アタシの作品なんて見てくれない！　評価してくれない！　ずっとみんなに読んでほしくて……褒めてほしかったのに……初めてワープした日だって、初めて賞に応募した作品が、一次で落選して……」

どくん、と心臓が跳ねた。

おそらくそれが、古海の青春虚構具現症のトリガーとなった出来事。

「アタシに才能がないことなんて、自分が一番よくわかってるよ……！　だれも、アタシの作品に興味なんてない……ずっとそう。それなら、今のアタシが書いたものじゃなくったって、そっちの方がずっと……！」

古海の切迫した言葉に、心臓を鷲掴《わしづか》みされたような息苦しさを覚えた。

もちろん、俺には創作を志す人の気持ちなどわからない。

けれど、自分の無力さについては嫌というほどわかる。今この瞬間にも。

なにかに挑んだとき、初めてわかる。

自分の非力さ。能力不足。格の違い。

手を伸ばして初めて、まったく届かないことに気づく。
その絶望に古海は落ち、そして俺もまたそれを今噛み締めている。
世の中には、全ぼうの見えないなにかが、いつも俺たちの前に立ちはだかっている。
非現実的な青春虚構具現症だって、結局それらとなんら変わらない。
たとえこれが起きなかったとしても、世の中にはいくらでも壁が待っている。
だけどその壁は、俺たち所詮高二のただのガキには、あまりにも高い。
それでも北沢《きたざわ》のように、なにかを願わずにはいられない。
手を伸ばさずにはいられないんだ。
「ひっ……！」
その瞬間、古海の身体が激しくぶれた。
限界だ。もう時間がない。
「社《やしろ》さん……！」
後ろから閑莉がやって来た。そしてこの異様な状況を目にして絶句する。
どうしたらいいのか、この場にいる誰もわからない。
教えてくれ、霧宮《きりみや》。
俺はいったいどうしたらいいんだ。

だが澄御架《すみか》が都合よく脳内で啓示を与えてくれるようなことが起きないということは、最初からわかっていた。

力の限り、拳を握りしめた。

俺はいったいいつまで、いなくなった人間に頼っているのだろうか。

俺は、今の俺にできることをするしかない。

それがたとえ、どれほどちっぽけなものであったとしても。今の俺たちが持っているなけなしの武器で、現実に立ち向かうしかないんだ。

大きく息を吸い込む。

俺は屋上の風にかき消されないよう、大声で叫んだ。

「だれも、おまえの作品に興味がないだって……？」

「……え？」

「忘れんなよ！　ここにひとりいるだろうが……！」

古海が大きく目を見張る。

俺は制服の尻ポケットに入れていたメモ帳を、古海の足元に放り投げた。

風で表紙がめくれ、ぱらぱらとページが送られる。

そこには、登場人物の名前、作中で出てきた造語、人物の相関図などが、俺の汚い字で

乱雑に記されている。

「これって……」

「おまえの作品を理解するために取ってた、俺なりのメモだ」

それを見ていた古海《うるみ》が、再び目を見張った。

「いいか？　こちとら、ちゃんと毎日おまえの作品の更新時間をきっかり待ってんだよ。未来のおまえが書いた作品なんかじゃない、ここにいる、今のおまえの作品を待ってる人間がいるってこと、忘れてんなよ……‼」

こみ上げてくる熱を、俺はそのまま古海にぶつけた。

それがどういう結末をもたらすのかもわからず。

次の瞬間、古海の姿が——完全に消えた。

全身から血の気が引く。

慌ててフェンスに駆け寄る。だが、古海の姿はどこにも見つからない。

次の瞬間、それは起きた。

「か、神波《かんなみ》あぶなっ……！」

「え——」

古海が、あのときのように、空から降ってきた。

なんとか手を拡《ひろ》げ、その細い身体を受け止める。

だが女子とはいえ、人ひとり分の体重が軽いはずもなく、俺は三度《みたび》古海の身体に押しつぶされる。

世界が止まったような静寂が、陽の沈みかけた屋上に横たわっていた。

「大丈夫ですか、ふたりとも」

駆け寄ってきた閑莉に、俺はかろうじて頷《うなず》いた。

そして自分に覆いかぶさった古海の身体を、しっかりと押さえる。

「北沢……」

古海はひどい有様《ありさま》だった。風で髪はほつれて乱れ、顔の化粧は涙でぐちゃぐちゃだった。

それでも、その身体は明滅することもなく、しっかりとそこにある。

突発性ワープが、完全に収まっていた。

古海はしばらくの間、嗚咽《おえつ》に肩を揺らしていた。

しばらくして、へたり込んで俯《うつむ》いたまま、ぽつりと口を開いた。

「……さっき言ったこと、ちゃんと守ってよね」

「ああ。それくらいなら、凡人の俺にもできるだろうからな」

無力なままの俺は古海に約束した。

自分にできる、それだけのちっぽけな約束を。

＊

緊迫の一日の翌日。

学校で俺は、古海がいつも通り、同じギャル同士の女子たちと話している姿を見て胸をなで下ろした。

どうやら、あの滅茶苦茶《めちゃくちゃ》な突発性ワープは起きていないようだ。

ちなみに、以前古海が投稿したランキング一位の作品は、自主的に削除されていた。

その代わりに更新が再開された『JK銀河英雄譚《たん》』の内容は、相変わらずひどいものだった。文章は再びセリフまみれになり、前の作品で下手にフォロワーが増えてしまったこともあり、コメント欄には、不評の嵐が渦巻いていた。

それを知っているのか知らないのか、古海の表情に暗い様子はない。

とりあえず今の俺にできることは、約束の通り、古海の作品をいち読者として読むことだった。

「これで、彼女の青春虚構具現症は、解決したということでしょうか？」

休み時間、閑莉《しずり》がそう話しかけてきた。

俺は無言で首を横に振る。

「わからない。いつまた発症するか、そういうことは過去にも一度あったしな。でも……そんときはまたそんときだ。なんとかするしかない」

「そうですか」

閑莉は淡々と頷き、古海の姿を眺めた。

「ですが社さん。今回、私は社さんのことを見直しました」

「は？　なんでだよ」

「過程はどうあれ、社さんは、古海さんという個人に歩み寄り、青春虚構具現症の原因を突き止めた上、それを止めてみせた。これは十分、称賛に値することだと思いますが」

閑莉が改まってこんなことを言うのは、初めてのことだった。

逆に不気味な気がして落ち着かない。

「さすが、霧宮澄御架の相棒だった方ですね」

いつかと同じ言葉を閑莉は俺に投げかけた。

しばらく沈黙してから、俺は渋々と返事をする。

「そんなんじゃない。俺はただの、付き添いだよ」

そのときふと、古海と目が合った。

古海は小さくウインクし、スマホを振ってみせた。

今日もきっと古海は作品をきっちり更新するだろう。

そして主人公でも英雄でもない俺は、ただのいち読者として彼女の作品を読む。

いつかの未来——作家として成長するはずの、北沢古海の物語を。

追憶【約十二カ月前】

「ありゃりゃあ〜こりゃまた大事件だねぇ」

俺と澄御架は、屋上から校庭を見下ろしていた。

澄御架が難しい顔をしながら腕を組み、頭と身体《からだ》を捻《ひね》っている。

階下の校舎内は騒然としていた。当然だ。この光景を一望している俺も、他の生徒たちと同様に言葉を失うしかなかった。

「どう、なってんだよ……」

校庭が、机という机に埋め尽くされていた。

おそらく学校中にあるすべての机と椅子が、一夜にして運び出されていた。

今朝登校した生徒たちは、がらんどうとなった自分たちの教室に遭遇し、教職員ともどもなす術《すべ》もなく立ち尽くしていた。

誰かのイタズラ、にしては規模が大きすぎる。

そもそも、誰にも気づかれず、学校中のすべての教室から机を一晩で運び出すなんて芸当が簡単にできるとは思えない。

では、目の前に広がっている光景は、いったいなんなのか？

「これも……鑑《かがみ》先生の言っていた、《青春虚構具現症》ってやつのせいなのか？」

「そう。これは誰かの願いによって引き起こされている。スミカたち一年四組の生徒の誰かによって」

澄御架はまるで、往年の名探偵のように落ち着き払って答えた。

この異常事態の次に、俺は澄御架のことが理解できない。

いったい、どんな胆力が備わっていれば、この異常事態を前にしてそんな立ち振る舞いができるのだろうか。

「社《やしろ》。スミカはその誰かを突き止めないといけない。きっとその彼、あるいは彼女は、悩みを抱えているはずだから」

「な、なんでそんなことがわかるんだよ？」

「今朝のクラスのみんなを見た？　みんな、自分たちの机が、自分たちの教室が教室として機能しなくなって、居場所がなくなってたよね。それを望むということはさ、その彼または彼女は、元から教室に居場所がないんじゃないかな」

澄御架は不思議な推測を口にした。

「教室に……居場所？」

「みんな自分と同じになってしまえばいい。スミカは、そんな気持ちを感じたよ。……だから、このままにはしておけないんだ」

「そりゃあ……そうだろ。これじゃ、まともに授業も受けられないし、みんな困ってるわけだし……。早いとこそいつを特定して、問い詰めて……」

「ふふっ、ちがうよ。社」

「え？」

「スミカは、その子のことを助けにいくんだよ。同じクラスメイトなんだから」

「助ける……？」

「そう。そうしないと、せっかくのハイスクールライフを楽しめないでしょ？」

こんな異常事態にもかかわらず、澄御架《すみか》は穏やかに微笑《ほほえ》んだ。初めて出会ったとき、川で溺れた子供を助けたときのように。

澄御架の全身からは、いつもあり余るエネルギーが溢《あふ》れ出ている。

その瞳は、いつも世界と向き合う強靱《きょうじん》な意志を秘めている。

「手伝ってくれるかね、ヤシロン君」

「待て。俺に、なにができるんだよ？　……あと、変な呼び方はやめろ」

「にははっ、社は自分のことを過小評価しすぎなのではあるまいか。スミカだけじゃ助けられないことは沢山あるよ。それに――」

「それに……なんだよ？」

「きっといつか、社にもわかるよ。スミカが社を必要としている理由が」

不思議なことを言って、澄御架は俺に手を差し伸べた。

できるかなんてわからないまま、俺はただ促されるように小さく頷いた。

霧宮《きりみや》澄御架という少女のことを、今の俺はまだ十分に知らない。

第二章　乙女は恋に請《こ》い願う

早乙女翼《さおとめつばさ》　その1

それは、一限目の授業が終わって机の上をかたづけているときのことだった。

ふと、俺は違和感に気づいた。

さきほどまで使っていたシャーペンが見当たらない。

机のなかに手を入れて探るが、感触はない。念のためしゃがんで中を覗《のぞ》き込む。

「ん？」

「どうしたんですか、社さん。次は移動ですよ」

自分の机をまさぐっている俺に、閑莉が声をかけてきた。

「わかってるけど……くそっ、どこいったんだ？」

「なにか捜し物ですか？」

「ああ……シャーペンがどっかいって……またかよ」

「？　また、とは」

閑莉《しずり》が首をかしげた。周りではぞろぞろとクラスメイトが次の生物室に向かって教室の外に出はじめている。

俺は一旦探すのを諦め、次の授業の教科書とノートを小脇に抱えた。

「最近、妙に物がなくなるんだよなぁ……」

閑莉と一緒に廊下に出ながら、ため息まじりに事情を口にする。

「そうですか。若年健忘症の原因は、強いストレスや、頭部のケガなどが原因だと言われています。先日の古海《うるみ》さんの件で、脳に強い衝撃を受けた可能性があるかもしれません。一度病院に行くことをお勧めします」

「そこまでのことじゃないんだが……っていうか、なんで迷いなく病気認定なんだよ」

「では単なる紛失ですか？　その場合、職員室に行って落とし物を——」

「わかってるって。後でまた行ってみる」

面倒くささに気分を削《そ》がれながら、とりあえず次の教室へ足を向けた。

廊下を歩いているとき、前方から歩いてくる女子生徒に目が止まった。

それが誰か気づいたものの、俺は何事もないように歩き続ける。

そして、無言で彼女とすれ違う。

緊張が解け、思わずため息が零《こぼ》れた直後だった。

「──あら？　ひょっとして去年のクラスメイトの顔なんて、もう忘れられてしまったのかしら？」

背中越しに、皮肉たっぷりの声が聞こえた。

「社さんのご友人ですか？」

閑莉が先に振り返る。

それに俺は数秒遅れ、やっとその女子生徒に向き合った。

一言でいえば、完璧、という単語が相応《ふさわ》しい少女だった。

いま人気沸騰中の若手女優だと言われても大半の人間が信じるであろう、華やかな目鼻立ち。頭は小さく腰の位置は高いモデル体形。背中まで伸びる、やや赤みがかった茶髪は鮮やかに艶《つや》めいている。切れ長の瞳は長いまつ毛に飾られており、色白の肌には一点の曇りもない。立っているだけで周囲の空間が華やかに見えた。

自然に腕を組んだ優雅な佇《たたず》まい。自信を湛《たた》える口元。

それらすべてが、常人離れした女王のような風格を放っていた。

「なんだよ、王園《おうぞの》」

「よかったわ。名前くらいは記憶に残しておいてくれたようね」

「悪いが、そこまで健忘症は進んじゃいない」

「それを聞いて安心したわ。むしろ忘れたいんじゃないかと思ったから。だって、去年は色々あったものねぇ。そうでしょう、神波《かんなみ》」

その女子生徒——王園令蘭《れいら》はくすくすと口元を押さえる。

一見すると魅惑的な微笑みに、しかし俺はむしろ警戒心しか湧かない。

「あ、そうそう。ちょうどよかったから、これあげるわ。今朝、ちょっとお菓子を買いすぎてしまったのよ」

「お、おい」

令蘭はすたすたと距離を詰めると、勝手に俺の手をとってなにかの包みを握らせた。

コンビニなどでよく売っている包装された一口大のチョコだった。

その意味するところは、すぐにわかった。

「おまえ……」

「あら、そんなに気に入った？　あの子の好物だものねぇ。ふふっ……また今度、ゆっくりお話ししましょう。それじゃあね、神波」

令蘭は華麗に手を振ると、麗《うるわ》しい髪を翻《ひるがえ》して去っていった。

その後ろ姿を睨《にら》みつけながら、押し付けられたチョコを無意識のうちに握りしめる。

「どうしたのですか、社さん？　顔が怖いですが……」

「……なんでもない。行こう」

俺はあらゆる感情を押し殺し、罪のない菓子をポケットにしまった。

＊

放課後、俺は自分のロッカーを開けた瞬間、固まった。

そこに、今朝失《な》くしたはずのシャーペンがぽつんと置かれていたからだ。

「なんでこんなとこに……」

とりあえず見つかったことには安堵《あんど》しつつも、理解できない。

シャーペンを手にしたとき、ふと誰かの視線を感じた。

ぱっと振り返るが、それらしき人物はいない。古海たち見慣れたクラスメイトの顔ぶれと、いつも通りのざわつきが広がっているだけだった。

「社さん、さきほどの失くし物が見つかったのですか？」

「ああ……。でも、こんなとこに入れた覚えはないんだけどな……」

「社さん、残念です。病院には付き添います」

「なんだよその憐《あわれ》みの目は……。っていうか、誰かのイタズラかもな。そんなことされる覚えもないけど」

「その判断は早計かと。社《やしろ》さん自身に自覚がなくとも、逆恨みの可能性はあります。なにを考えているのか理解しがたい人間は、世の中には大勢いますからね」

俺はまじまじと閑莉を見返した。

「？　どうして、私を見るのですか」

「いや、べつに。……にしても、心当たりはないんだけど……前にもあったんだよな。こういうこと」

「失くしたものが、ロッカーに戻っていた、ということがですか？」

俺は小さく頷《うなず》き、カバンに入れていたペットボトルのスポーツドリンクを口にした。

数日前のことだ。俺がいつも使っているハンカチが、突然制服のポケットから消えていた。どこかで落としたのかと思って捜したが見つからず、翌日の朝、登校してきたときにこんな風にしれっとロッカーに入っていたのだ。

誰かが見つけて届けてくれたのだろうか、と一瞬思ったが、そもそもハンカチに名前など書いてないし、拾ったところで俺の物だとわかる人間はいない。落としたところを見たのであれば、直接届けない理由もない。

ありのままに起きたことを説明すると、閑莉はいつものように小さな顎に手を当てて、ふむ……となった。

「それは奇妙ですね。なんらかの事件性を感じます」

「怖いこと言うなよ……。さっきも言ったけど、俺はべつに誰かの恨みとか買った覚えはないからな。そんなやばいやつも学校にいないだろ」

「いえ、そういった意味の事件ではなく」

「じゃあ、どういう意味だよ」

「青春虚構具現症にまつわる異変、ということです」

閑莉の飛躍した発想に、俺は面食らった。

「まさか。九十九里《つくもり》おまえ、俺が発症してるって言いたいのか？」

「可能性はゼロではないかと。ずばり、社さんの青春虚構具現症は……紛失物が自動的にロッカーに戻る、です」

「どういうしょぼい現象だよ……」

さすがに去年一年間、この得体の知れない怪奇現象に直面してきた俺でも、そんな馬鹿馬鹿しいものが起きるとは考えられなかった。

もちろん、青春虚構具現症は、形を変える。

仮にそうだったとして、軽んじることは危険ではあるのだが……。

「神波、どしたの？」

気づくと、カバンを肩に掛けてスマホを手にした古海が近くに立っていた。

「あ、いやべつに。ペン失くしたと思ったんだけど、ロッカーに入ってて」

「なにそれウケる。神波って意外とドジっこ？」

「そんなことは……」

「あ、そういえばさ。神波って早乙女さんと仲いいの？」

古海はウェーブのかかった金髪の毛先を弄《いじ》りながら、唐突にそんなことを言った。

突然出てきたその名前に、俺はぽかんとする。

「早乙女さん？　それって、うちのクラスの？」

「うん。陸部の」

早乙女翼は、俺たちと同じ二年四組のクラスメイトの女子生徒だ。

古海の言葉通り陸上部に所属していて、日焼けした見た目からもスポーツ少女という印象が強い。確か全国大会にも出場しているという話をどこかで聞いたことがあった。

だが、個人的な接点はほとんどなかった。

唯一あるとすれば——

「一応、去年は同じクラスだったけどな。でも、なんで？」

「さっき実験だったじゃん？　そんときアタシ早乙女さんと同じ班だったんだけど、こっそり聞かれたんだよね？」

「へえ。聞かれたって、なにを？」

なにげなく聞きつつ、手にしていたスポーツドリンクに口をつける。

「アタシと神波が付き合ってるのかって」

途端、俺は激しくむせかえった。

「ちょっと、だいじょぶ？」

「な、なんで、そんなこと？」

「だってほら、最近うちらよく話してるじゃん。だからまー、そう思ったんじゃない？　あはっ、めっちゃウケるし」

「どんな勘違いだよ……」

もちろん、まったくそんな事実はない。

早乙女《さおとめ》翼《つばさ》は、なぜそんなことを古海に聞いたのだろうか。

「ま……なんにもないなら、いいけどさ。あ、ところで昨日の更新、読んでくれた⁉　アタシ的に渾身《こんしん》の神回《かみかい》のつもりだったんだけど！」

「ああ……読んだぞ。色々と感想はあるんだけど……、渋い軍人のおじさんに『やばい』

とか『エモい』とかあんまり連呼させない方が自然かなって」

「なにそれ？　未来なんだからべつにおかしくなくない？」

「まあ、そう言われるとそうかもしれないけど……」

俺はいつも通り、毎日更新されている古海《うるみ》のネット小説に対しての感想を口にする。

そのときにはすでに、早乙女翼のことは頭から消えてしまっていた。

早乙女翼　その2

「社さん、彼女が犯人です」

その瞬間、俺はひさしぶりにこの九十九里閑莉《しずり》という女子の頭のなかを疑っていた。

こんなに言葉を失くしたのは、最初に放課後待ち伏せされたとき以来だ。

なぜなら閑莉は俺と早乙女翼を校舎裏に呼び出したかと思うと、いきなり彼女を指さして、そう発言したからだ。

早乙女翼は案の定、顔を強張《こわば》らせている。

すらりと伸びた長い手足。小麦色に日焼けした肌とショートカットの活発な印象の彼女の顔は、今は困惑と怯《おび》えに染まっている。

頭痛がしてきた俺は額を押さえつつ、閑莉に言った。

「おまえな……どこからどういう発想になって、そういう結論に行き着いたんだよ。だいたい、犯人ってなんのだよ?」

「社さんの持ち物が相次いで紛失している件について、です」

「いや、彼女がそんなことする理由がどこにあるんだよ。ごめん、早乙女さん。俺が九十九里に変なこと言ったから——」

次の瞬間、翼がなぜか勢いよく頭を下げた。

「ごめんなさい……!!」

俺はその場で口を開けたまま固まってしまった。

「…………え?」

なぜか翼は、俺に向かって腰を折り、頭を下げて、大声で謝罪を口にした。

答えを求めて閑莉を見ると、さも当然というように頷いた。

「ですから、言った通りです。彼女が、社さんの品物を盗《と》っていた張本人です」

「どういう……」

「社さんが来る前に、彼女に事実を確認しました。すると彼女が自白して認めたので、今社さんに謝罪を口にしたのだと思いますが」

「そういう話は先に……っていうか、待て。認めた？　早乙女さんが……？」

俺が改めて翼を見ると、彼女がびくりと肩を震わせた。

「ごめん、なさい……神波《かんなみ》くん。わざとじゃ……なくて。気づいたら、神波くんの物が、わたしの手元にあったんだ……。この前のハンカチも、シャーペンも……」

「気づいたら……？」

奇妙な翼の言葉に、俺は眉をひそめた。

「自分でも信じられないけど、授業中にふと筆箱の中を見たら、社くんのシャーペンが入ってたんだ。ハンカチも、気づいたらわたしの制服のポケットに、いつの間にか入ってて……。お、おかしなこと言ってるよね？　自分でもそんなことありえないと思ったから、拾ったなんていうのも怪しまれると思って、怖くて……。だからこっそり、黙ってロッカーに返したの。こんなこと言って、信じてもらえないかもしれないけど……本当に、盗んだわけじゃないんだ……」

彼女が上擦った声で語ったその話は、真《しん》に迫るものがあった。

ただの言い訳には到底思えない。

嫌な予感が背筋を這《は》い上がってくる。

意見を求めようと閑莉を見ると、無言で頷いた。

「彼女は嘘《うそ》を言っていません」

「だとしたら、それって、つまり……」

「はい。おそらく彼女は、青春虚構具現症の発症者です」

閑莉の言葉に、俺は愕然《がくぜん》とその場に立ち尽くした。

＊

校庭では陸上部が練習していた。

その中に、翼の姿もあった。ティーシャツに膝までのスパッツ姿で、競技トラックの横に並べられたハードルと対峙《たいじ》している。

勢いよくスタートすると、軽やかな動作で足をあげ、綺麗《きれい》にハードルを飛び越した。

スタート位置に戻ってくる途中、翼は練習風景を眺めていた俺と閑莉の方を見た。こちらに気づくと、やや気まずそうに小さく会釈《えしゃく》する。

「非常に奇妙な現象ですね」

「ああ……」

あれこれと思考の迷宮に囚《とら》われていた俺は、曖昧に相槌《あいづち》を打った。

「《他人の物を無自覚に奪ってしまう》という青春虚構具現症。しかもそれが不特定多数ではなく、今のところはなぜか、社さんの物だけを奪ってしまうなんて。呼称をつけるとすれば、《無自覚スティール》とでもいうべきものでしょうか」

閑莉がつらつらと口にしたことは、さきほど翼が自分で認めたことだった。

「俺だけで済むとは、まだ言いきれないだろ」

「それは、古海さんのときのような、能力の変化のことですか？」

「ああ。青春虚構具現症で起きる現象は、一定じゃない。能力の規模が拡大したり、性質が変化することがある」

「なるほど。今後被害が社《やしろ》さん以外にも拡大する可能性もある、と。……ですが、私はその可能性は低いと思います」

閑莉は、なぜかそんな推測を口にした。

「は？　どうしてだよ」

「わかりませんか？」

「さっぱりわからん」

「翼さんは、社さんのことが、好きなのではないでしょうか」

またしても、俺は言葉を失って硬直した。

今日は次から次へと、驚くことばかりだ。

いや——青春虚構具現症にかかわるとそうなる、ということだが。

「おまえ……な、なに言って……」

「社さん、落ち着いてください。いくら女子から好意を持たれたのが初めてだとしても」

「なんで初めてなのが前提なんだよ！ ……というか九十九里《つくもり》、おまえべつに早乙女さんと仲がいいわけじゃないだろ。何を根拠に言ってんだよ」

「はい、特に親密な交友関係は構築していません。ですが昼間、古海さんが口にした証言と、起きている現象。そして彼女の態度から導き出されるひとつの仮説です。そしてそれは、非常に多くの事柄を説明できます」

「……例えば？」

「翼さんは、社さんのことが好きだから、古海さんに交際しているかどうかを確認した。これは単純ですね。そしてもうひとつ、青春虚構具現症は、生徒が持つ強い感情によって引き起こされる。恋愛感情というのは、一般的に言ってそれに該当するものだと思います」

「……で？」

「そして最後に、社さんの物だけがなくなるということが、彼女が他の誰でもなく、社さんに興味——いえ、特別な好意を抱いているという証拠ではないでしょうか？ 好きな異性の持ち物に興味を持つ。それほど特異な感情的衝動だとは思いませんが」

閑莉は淡々と推理を説明した。

俺は動揺しながらも、閑莉の説明が破綻していないことだけはかろうじて理解した。

「意外でしたか？」

「ああ……まず九十九里の口から、恋愛という言葉が出てきたことがな」

「社さん……ひょっとして、私をなにかロボットのようなキャラクターだと思っていませんか？　私も生身の人間なので、それなりの一般常識は持ち合わせています」

「それはよかったよ……。けど、早乙女さんが俺を、ってのは……」

嬉《うれ》しさや気恥ずかしさ、というものよりも、今は困惑しかなかった。

「これまで、彼女とは特になにも？」

「ああ。同じクラスだったけど、彼女は去年、青春虚構具現症にはならなかったし、彼女が巻き込まれたような事件もなかった。もちろん、クラスがやばいってことは感じてただろうし、色々と思うことはあったろうけど……」

「では、澄御架《すみか》のことを知ってはいるのですね」

閑莉はいつものように、顎に手を添えて考え込んでいる。

そういえば、こいつは澄御架の後継者とやらが現れるのを待つために、青春虚構具現症について調べているんだったと思い出した。

「あいつは……誰とでも友達になれるやつだよ。たぶん相手が宇宙人でもな」

澄御架には、どんな相手にも心を開かせてしまうような、不思議な魅力があった。

「翼《つばさ》さんが、社さんに好意を持ったきっかけについては測りかねますが……。いずれにせよ、青春虚構具現症を止める手段は、あるかもしれません」

「……なんだよ？」

皆目見当がつかず、俺は眉をひそめた。自分が当事者として巻き込まれているせいか、いまいち思考がスピーディーに働かない。

そんな俺に、閑莉はいつものように淡々と信じられないことを口にした。

「翼さんと、お付き合いしてみるのはいかがでしょうか？」

早乙女《さおとめ》翼　その3

当然のことながら、閑莉のふざけた提案は断った。

とはいえ、なにか別の解決策を思い付いたわけではない。

青春虚構具現症との対峙は、いつだって手探りだ。

ただ今回は、俺自身がこれまでにない立ち位置でかかわってしまっている、という可能性がゼロではなかった。もちろん、本当に翼が俺に好意を持っていて、それが青春虚構具現症の原因であるならば、だが。

ホームルーム前の雑談で騒がしい教室に入ると、自然と彼女に視線が向かった。

しゃきっと伸びた背筋。日焼けしたうなじに短めの後ろ髪がかかっている。

「あ……」

翼も俺の存在に気づく。今までなら挨拶をするほどの仲でもなかったのだが、妙に意識してしまう自分がいた。

「お、おはよう……」

「あ、うん。おはよう……神波くん」

小声で挨拶しながら後ろを通り、席につく。

こんなぎこちない関係になってしまったのは誰のせいだと八つ当たりしたくなるが、べつに閑莉《しずり》に非はない。

ふと視線を感じると、その閑莉がこちらを無言で観察していた。

そしてなぜか手元で、俺に向かって親指を付き立てる。

（なんのサインなんだよ……）

閑莉の人形的な無表情が、いつもに増して憎らしかった。

＊

「あの……神波くん」

休み時間、翼が話しかけてきた。

反射的にびくりと反応してしまう。緊張しながら顔を向ける。

「な、なに？」

「あの……これ……」

彼女がおずおずと差し出したのは、ワイヤレスイヤホンだ。そしてそれは、俺が普段使っている物と同じ製品だった。

「それが、なに？　早乙女さんの？」

「だからこれ……神波くんの」

「え？」

遅れて俺は、ようやく気づいた。

慌てて自分のカバンを探ると、いつも仕舞っている場所からイヤホンがいつの間にか消えていた。

戦慄する。まったく気がつかなかった。

これが、翼の青春虚構具現症。

実害として大きくないとはいえ、改めて起きている異常現象を目の当《ま》たり《あ》にすると悪寒《おかん》に近いものが湧いてくる。

「ごめんなさい……」

「い、いやいいって。ありがとう」

礼を言うのもおかしいが、反射的に言って受け取ってしまう。

原因がわかっていれば、こうしてすぐに返してもらえるのだから、それほど困ることはないだろう。

——と、それが単なる楽観に過ぎなかったと、やがて俺は知ることになる。

＊

体育の授業中、俺はジャージ姿で野球グローブをはめながら、二人一組になってキャッチボールをしていた。

相手は去年、同じクラスだった田辺《たなべ》という野球部の男子だ。体育は隣のクラスと合同でやることになっている。

普段は触ることのないずしりとした硬球を、肩を使って投げる。

たいして飛距離も速度もないボールは山なりを描いて、向こうのグローブにすぽりと収まった。野球部の田辺はしっかりと勢いのあるボールを投げ返してくる。

「オーライ」

頭を越しそうな球を仰ぎ見て、俺は後ろに下がりながらグローブを構えた。

次の瞬間、突然左手が軽くなった。

「っ……！」

指先を硬球がかすめる。小さな痛みが走った。

田辺が驚いて駆け寄ってくる。

「おいおい、大丈夫か？　あれ……ってか、神波《かんなみ》、グローブどこやったんだ？」

「え……」

俺の左手から、忽然《こつぜん》とグローブが消えていた。

その後、結局グローブは見つからなかった。だが授業が終わった後、ジャージから制服に着替えて教室に戻る途中で、翼に声をかけられた。

「か、神波くん……これ」

彼女は、なぜか汚れた野球グローブを持っていた。

それは見間違いでなければ、つい先ほど消えるまで俺の手に装着されていた物だ。

「もしかして……これも早乙女さんが……？」

「ごめん、なさい……」

翼はただひたすら申し訳なさそうに頭を下げた。

どうやら彼女が無自覚で奪ってしまう物は、俺の私物とは限らないらしい。

それを裏付けるように、次々と彼女の青春虚構具現症は発動した。

ある日は、授業中に見ている教科書が突然なくなった。

またある日は、財布からよく行く床屋のポイントカードだけが綺麗《きれい》になくなった。

さらには昼休み、学食で食べているうどんから具材だけが綺麗になくなったこともあった。もっともこれについては、彼女の方でも大変だったと思われる。

そんな現象が続き、翼は謝りに来るたび、どんどん萎縮していった。

悪意がないからこそ、罪悪感に苛《さいな》まれているのは傍目《はため》にもわかった。

そんな状態が、数日続いた日のことだった。

「……神波、くん。今日って……この後、時間ある？」

放課後、リュックに荷物を仕舞っていると、翼が話しかけてきた。

「あ、ああ……うん。俺は大丈夫だけど、早乙女さん部活なんじゃ？」

「今日は休養日。もうすぐ大会も近いし、昨日まで追い込みしてたから」

「そうなんだ」

「あ、あのね……その……せめてものお詫《わ》びに、お、お茶でも奢《おご》らせてほしいなって、思って……」

「え？　いや、いいってそんなの。べつに、気にしてないから」

「そ、そんなのダメ！　あんなに迷惑かけてるのに……お願い、せめてなにかしないと、わたし申し訳なさすぎて……」

翼は手元で小さく拝み手をつくった。

俺は気まずかったが、たしかにそれで彼女の罪悪感を少しでも軽減させられるのなら、それも悪くないかもしれない、と思った。

「わかった。んじゃあ……適当に、カフェとか行く？」

「う、うん……ありがとう」

翼は少しだけ安心したように笑った。

そんな風に翼の笑顔を見たのは、だいぶ久しぶりな気がした。

そのことに安堵《あんど》しつつも、なぜかそれだけではない、胸の中が躍るような高揚感を俺は抱き始めていた。

早乙女翼　その4

学校からの帰り道にある商店街のカフェに入った。

チェーン店で値段も高くないので、高校生でも入りやすい場所だった。

実際、店内には他にも他校らしき違う制服の男女がちらほらと見える。

とりあえず喫煙エリアからなるべく遠い席をとって待っていると、翼がふたり分の飲み物をトレイに載せて持ってきた。

「本当に……ごめんなさい。わたしのせいで神波くんに迷惑ばっかりかけて……」

「い、いやいいって。こうしてコーヒー奢ってくれたんだし」

「全然、こんなんじゃ足りないよ。でも、神波くんコーヒーとか飲むんだね。ちょっと意外かも」

「そうか？　べつにそんなに好きってほどでもないけど、人並みに」

「そっか。わたしはちょっとまだ苦手だなぁ。喫茶店だと、だいたいいっつもこうゆうの頼んじゃうんだ」

「なるほど、抹茶フラッペ」

翼が注文したカップには、たっぷりの生クリームが乗っていた。

もはや飲み物というよりはスイーツだ。カロリーもやばそうだ。

「早乙女《さおとめ》さんこそ、そういうの飲むんだな。陸上部だから結構厳しいのかと思ったけど」

「全然！　うちの部はその辺はゆるいし、自己管理できてれば先生にもなんにも言われないもん。それでタイムが落ちたりしたら、ちょっとやばいけど」

「確かに、早乙女さん痩せてるし、全然影響なさそうだな」

「やっ……痩せてなんかないってば……！　腰とかお尻とか、結構油断するとすぐに太ったりするし……」

翼《つばさ》は大袈裟《おおげさ》に手を振って、説明するように自分の腰まわりを触る。

俺が反応に困っていると、それに翼が遅れて気づいた。

ぼっ、と火がついた音が聞こえたような気がした。激しく顔を紅潮させる翼に、こちらまで恥ずかしくなってしまい、無言でコーヒーを口に含んだ。

「ところで……早乙女さんに起きていることだけど」

「……去年、一年四組であったことと、同じようなこと……だよね？」

翼は意外なほど落ち着いた様子でそう言った。

俺はその態度に少々面食らいながらも、ゆっくりと頷《うなず》く。

「まさか、こんなことが現実に起きるなんて……いまだに信じられないよ。自分のことなのに、おかしいよね」

「いや、誰だって……俺だって最初はそうだった。一年四組でこれが現実に起きて、この目で見て、体験するまでは」

「それを……澄御架《すみか》ちゃんと神波くんが、解決してくれたんだよね？」

その名前が出てきた瞬間、俺の胸を郷愁のような感情が通り過ぎた。

俺は静かに首を横に振る。

「俺は、たいしてなにもしてない。活躍したのは霧宮《きりみや》だ。知ってるだろ？」

「もちろん、知ってるよ。澄御架ちゃんは、みんなのヒーローだもんね。……でも、社《やしろ》くんが澄御架ちゃんと一緒に、頑張ってたのは、なんとなく感じてたよ。だから、わたしはふたりのおかげなんだなって、勝手に思ってた。ふたりがいたから、クラスがあんな滅茶《めちゃ》苦茶《くちゃ》な状況でも、わたしたちは高校の一年生を、ちゃんと最後まで、あの教室で過ごすことができたんだ、って……」

翼の言葉の端々ににじんだ切実な響きから、それが本心だとわかる。

コーヒーカップを握った指先に、勝手に力がこもった。

「それなのに、どうしてなんだろうね。神様って……残酷すぎるよ」

「……俺も、そう思う」

澄御架がいたから、俺たちの、なんてことない平凡な青春の日々は守られた。

だからこそ、失ったものの大きさを誰もが処理できないでいる。

「あのね、こんなことというと不謹慎だって言われるかもしれないけど……。なんだか実感ないんだ。澄御架ちゃんが、亡《な》くなったってことに……」

翼は手元のカップについた水滴を、細い指先でなぞった。

「告別式やお葬式だって、誰も呼ばれなかったんだよね？」

「ああ。霧宮の両親からは……なるべく静かに終わらせたいって、学校にも連絡があったらしい。だから、校内でも極力話題を広げないようにした、って」

澄御架の死に、現実感がない。

翼の気持ちは、不謹慎でもなんでもなく、十分共感できるものだった。

「早乙女さん。俺が、力になる」

「え……？」

「早乙女さんに今起きていること、俺がなんとかしてみせる。なにをしたらこの現象が収まるかまだわからないけど、見つけてみせる」

「神波くん……」

翼は潤んだ目元をぬぐうと、声を詰まらせながら何度も頷いていた。

そんな彼女のために、俺にはいったいなにができるのだろうか。

気づくと俺は、翼のことで頭が一杯になり始めていた。

＊

カフェを出て、俺は途中まで翼を送ることにした。

途中、駅に向かって河川敷《かせんじき》の道を通る。その間、なにげない雑談に花を咲かせた。

授業のこと、部活のこと、中学のこと、地元のこと、よく聴く音楽のこと、よく行く店、好きな食べ物——翼は古海《うるみ》や閑莉《しずり》とはまた違った意味で気を使う必要がなく、話しやすい相手だった。

「あ、ここまででいいよ。わたし、駅から電車だから」

「ああ、わかった。じゃあ……」

「うん、じゃあ明日、また……」

翼はそう言って、小さく手を振った。

まっすぐ背筋の伸びた後ろ姿が、遠ざかっていく。

その瞬間、奇妙な感覚が俺を襲った。

ガクン、と視界が大きく揺れるような衝撃。

気づくと、俺は翼の手首を掴み、彼女を引き留めていた。

「え……神波《かんなみ》、くん？」

「早乙女さん……」

俺は手を離し、今度はそれを、彼女の肩に添えた。

もう片方の手も合わせ、彼女の正面に立つ。

息苦しさを覚えた。くらくらと目眩《めまい》がするような感覚。足元がおぼつかない。

翼に触れたい。

俺は突然湧き上がってきたその強い衝動に突き動かされた。

「神波、くん……」

俺は、吸い寄せられるように、彼女に顔を近づけた。

彼女の——唇に。

とん、と軽い衝撃が胸を打った。

翼が掌《てのひら》で、弱々しく俺を突き放していた。

「あの……ごめんなさい……」

その瞬間、我に返ったように、俺は自分がしようとした行為を理解し、愕然《がくぜん》とした。

俺は今、何をしようとしていたんだ……？

翼は俺を突き放したまま、怯《おび》えるようにして、身体《からだ》を震わせている。

それを見た瞬間、全身から血の気が引いた。

「ご、ごめん……！　俺、今、どうかしてた……なんで、こんなこと」

翼は俯《うつむ》いたまま、首を横に振っている。

「…………………許して。ごめん、なさい」

「え……？」

なぜ、翼が謝るのか。悪いのは錯乱した俺の方だ。

だがなぜか翼は俺を責めることなく、逃げるようにその場から走り去った。

現役の陸上部エースの足に追いつけるわけもなく、あっと言う間に姿が見えなくなる。

気づくと、俺は手のひらにびっしりと、尋常ではない汗をかいていた。

いったいなにが起きたのか、俺にはまるでわからなかった。

早乙女翼　その5

「社さん、昨日のデートはいかがでしたか？」

翌日の学校で、閑莉は第一声から聞いてきた。

不意を突かれて俺は動揺する。

「お、おまえな……なんで知ってるんだよ。いや、デートじゃないぞ」

「安心してください。尾行はしていません。私もそれほど暇ではありませんし、社さんの許可なくそこまでするのはプライバシーの侵害ですので」

たいして安心もできなかった俺は沈黙し、ちらりと翼の席を一瞥《いちべつ》した。

彼女は今日、体調不良で休んでいる。

昨日の一件が、生々しく脳裏に刻まれていた。

自分がしたことを、悪夢のように振り返る。

俺は翼の肩を抱いて、彼女に——キスをしようとしたのだ。

自分がなぜあんな行為をしようとしたのか、いまだに自分でも理解できない。今日朝目覚めたとき、どれほど現実を直視したくなかったことか。

改めて冷静に、己の胸に問う。

翼に対して、恋愛的な意味で好意を持ったのだろうか？

自分がそれなりに健全な思春期の男子高校生であるという自覚はある。だが、そこまで俺は、自分の衝動や欲求を制御できないほど未熟な精神性だったのだろうか。そう考えると軽く二、三回ほど死にたくなる。

「浮かない顔ですね。もしかして、あまり上手《うま》くいかなかったのですか？　なにか、彼女に嫌われるようなことでも？」

閑莉の言葉が胸に突き刺さり、それが顔にも出た。

閑莉が不思議そうに小首をかしげる。

「社さん？　どうかしたんですか？」

「なんでもない……」

俺は席を立ち、閑莉の質問から逃げるように教室を後にした。

＊

鑑知崎《かがみちさき》の白衣姿は、いつもと同じように科学準備室にあった。

やって来た俺を一瞥すると、知崎はすぐに手元のタブレットPCに視線を落とした。机の上には、他にもなにやら見慣れない機器が並んでいる。

「今日はまた、一段とひどい顔をしているな。神波」

知崎は俺の顔を二度は見ることなく指摘した。

眼鏡の奥の理知的な双眸《そうぼう》は、世の中のすべての真実を見抜いているように感じられた。

「もっとも、おまえたちが苦労するということは、私にとっては興味深い事象であることを示しているわけだがな」

「はは……それは、よかったですね」

俺はユーモラスな返しをする余裕もなく、弱々しい笑みをつくる。

すると、知崎がすたすたと歩み寄ってくる。

知崎はすっと両手を伸ばし、手のひらで俺の頰をぱしっと挟み込んだ。

「せ、先生⁉」

「忘れたのか？　去年、言ったはずだぞ。子供が大人に遠慮することはない、と。おまえはなにか助けを求めてここに来た。そうだろう？　ならば、それを話すといい」

知崎の手はひんやりとして冷たかったが、なぜか妙に落ち着く気がした。

沈み込んでいた気持ちがわずかに軽くなる。

「……ありがとうございます。実は――」

俺は知崎に、早乙女《さおとめ》翼《つばさ》が発症した新たな青春虚構具現症と、その現象に俺自身が巻き込まれていること。

そして昨日起きた、奇妙な出来事についても、正直に告白した。

知崎はさきほどの言葉通り、終始興味深そうに話を聞いて頷《うなず》いていた。

「なるほど……。色恋沙汰うんぬんについては、完全に私の専門外だな。せめて個人的に経験豊富であれば何か安直なアドバイスでもしてやれたのだが」

「いえ、それはべつに……」

ストレートな解答に反応に困った。そういえば、知崎は何歳なのだろうか？

見たところ指輪はしていないし、結婚しているような話はこれまでにも聞いたことがなかったが。

ぼんやりそんなことを考えていると、知崎はそれを見透かしたように、

「ちなみに言っておくが、私は漫画やアニメでよくいるような、行き遅れや年増を気にする女教師ではないからな。結婚にも恋愛にも興味はない」

「べつに思ってませんけど……そうですか」

「だから私が言えることは、おまえたちの間にあるかもしれない健全な恋愛感情の話ではなく、あくまで青春虚構具現症についてのひとつの推論だ」

知崎は前置きしてから、言った。

「神波。おまえは早乙女に、《心を奪われた》のではないか？」

「……え？」

一瞬、俺は何を言われたのかわからなかった。

そのままの意味であれば、翼に対して恋に落ちたのではないか、という問いだが、知崎の言葉のニュアンスはそれとは違っていた。

「早乙女の青春虚構具現症は、おまえの持っている物を奪う、といったな。だが先日の北《きた》沢《ざわ》古海の件と同様、青春虚構具現症によって引き起こされる現象は固定ではなく、その特性は変化し、進化する。奪う対象が、物から、神波の精神へと拡大したところで、おかしい道理ではない」

「まさか、そんなこと……」

信じられなかった。

知崎の言っていることが、もし仮に本当なのであれば、俺は知らない間に、翼に心を操作されていた、ということになる。

全身に寒気が走り、勝手に震えそうになる自分の手を握って押さえた。

「神波、よく聞くんだ。警戒しろ」

「え……」

「これまでにも、私はおまえと霧宮《きりみや》から、様々な青春虚構具現症の話を聞いてきた。だがこれはそれらと比べても、引けを取らない危険性を秘めている。仮に早乙女の能力が、おまえ以外の生徒に対しても拡大したら？　早乙女は、他人の心を意のままに操ることができるようになるかもしれない。それがどれほどのことか、おまえには想像できるだろう？」

　他人の心を操作する力。

　もし仮に、それが翼の能力の本質なのだとしたら、絶対に放置してはならない。

「俺は……どうすればいいんでしょう」

「……難しい、と言わざるを得ないな。話を聞く限り、早乙女が神波に対して、特別な好意を抱いていることは間違いないだろう。だが、この事実を知ったおまえが、早乙女から距離をとれば、彼女の《奪う》力は、より強力になって暴走する可能性もある」

　それは恐ろしいイメージだった。

　もちろん、翼がそんなことを意図してやる人間だとは、まったく思っていない。

　だがこの青春虚構具現症は、本人の意志の力だけでどうにかなる代物ではない。

「とはいえ……おまえが心を操作される危険性を無視して、彼女の好意に応えてやれ、とは私から言うことはできない。……それでも、最終的にどうするかは、おまえ次第だ」

「どういう意味ですか……？」

「青春虚構具現症は、その者が持つ根源的な願望が源になっている。そして早乙女の願いが、おまえとの恋愛関係の成就《じょうじゅ》であるならば、それを満たしてやることで、起きている現象そのものが収束する可能性はある、ということだ」

それは奇《く》しくも、閑莉《しずり》が最初に口にした馬鹿げた提案と、まったく同じものだった。

「おまえには、彼女の想《おも》いに応えるという選択肢がある。もし、おまえに偽りではない、その気持ちがあるのならば、な」

早乙女翼　その6

放課後の校庭で、翼はいつも通り練習をしていた。

１００メートルほどの距離に等間隔で並べられたハードルを、スパッツ姿の翼が次々と飛び越していく。スピードも落とさずあんなことができるとは、陸上競技素人《しろうと》の俺からすれば驚異的だった。

以前翼が言っていたように、大会前で、今は練習も長時間はやらないらしい。

俺は校庭で、なるべく目立たないように翼を待った。

「どうするつもりですか、社《やしろ》さん」

振り返ると、スクールバッグを肩に提げた閑莉がそこに立っていた。

俺はぎょっとして後ずさった。

「おまえ……なんで俺がここにいるって？」

「鑑先生から、話をお聞きしました」

「……そうか」

「社さんの考えていることに、私は反対です」

閑莉は俺の心を見透かしたように、そう言った。

相変わらず、歯に衣《きぬ》着せぬ性格だ。それはときに頼もしいが、今は俺にとって都合が悪かった。

「なに言ってるんだ？　べつに俺がなにかするなんて、鑑先生にも言ってないぞ」

「惚《とぼ》けないでください。社さんは、翼さんを救うために、自分の心に嘘《うそ》をつこうとしていませんか」

閑莉の言葉には、明確な非難の響きが含まれていた。

誤魔化すことは、早々に諦めた。

「……だとしたら、なんだよ。もともと、おまえが言った通りの方法だろ。早乙女さんと付き合えばって」

「今は事情が違います。あの時は、彼女の青春虚構具現症をもっと軽く見ていました。ですが、彼女の起こす現象が、他人の精神にまで及ぶものなのであれば話は違います。翼さんと距離を詰めれば、どこでまた社さんの心が《奪われる》のか、予測できません。……最悪、今の社さんが、社さんでなくなってしまう可能性すら考えられます」

「けど、それなら巻き込まれるのは俺だけで済むな」

俺はなるべく感情を出すまいと、淡々と答えた。

いつもとは立場が逆だった。冷めた俺に対して、閑莉の声には熱がこもる。

「社さん、やめてください。自分を犠牲にするなんて、英雄的な人間のやることです。それこそ、霧宮澄御架《すみか》のように」

「おまえに、霧宮の何がわかるんだよ」

自分でも驚くほど冷徹な声が出た。

はっとすると、閑莉は黙り込んでいた。まるで八つ当たりのようになってしまい、そんな自分に嫌悪《けんお》感がつのる。

「……悪かった。とにかく俺は、俺にできることをする。それだけだ」

「社さん……」

制服に着替えてスポーツバッグを持った、練習終わりの翼の姿が見えた。

行かなくてはならない。

俺は閑莉にまた明日と挨拶し、翼のもとへ向かった。

＊

以前の河川敷《かせんじき》を、俺は翼とふたりで歩いていた。

「今日は、ありがとね。また付き合ってもらっちゃって……買い物とかも」

「いや、全然。どうせ時間はあるから」

俺は翼と一緒に、彼女がよく行くというスポーツショップに行ってきた。

翼はスパイク（競技用のシューズのことだ）のピンを買い、俺が見ていたタオルをちょうどよさそう、と興味を持っていた。

その後、またカフェに行って時間を潰した。大会が終わったら、翼は行きたいケーキショップがあるという話が出たので、今度それにも付き合うことになった。

「あ、今度行くときだけど、神波《かんなみ》くん、映画とか観《み》たいものある？　よかったら、ついでになにか一緒に観れたらいいな、って……学割もあるし」

翼はスマホでせっせと情報を調べていた。

だが俺は、ふとその場で足を止めた。

「……？　神波くん、どうかしたの」

「早乙女さん。この前は、ほんとに悪かった。あんなことしちゃって」

俺が深く頭を下げて言うと、翼は気まずそうに表情を強張《こわば》らせた。

そのまま静かに首を横に振る。

「お願いだから……もう気にしないで。神波くんは、なにも悪くないよ」

「でも……」

「あ、あのときは突然だったし、わたしも緊張しててびっくりしちゃっただけで……その……ほんとはぜんぜん……嫌じゃなかった、し」

翼《つばさ》は最後は消え入るような声で、そう呟《つぶや》いた。

その視線は向ける先を見失い、地面へと落ちている。

夕陽《ゆうひ》の赤みで彼女の顔色は判別できないが、翼は指先を落ち着かなく絡《から》ませていた。

「早乙女《さおとめ》さん……」

俺の腹の底で、再びあの強い衝動がこみ上げてくる。

それは以前、この場で起きたものと同じ。胸が苦しくなるが、決して不快ではない。

潤んだ翼の瞳が、俺を見上げる。

「神波くんが、したいことあれば……なんでも、付き合うから」

俺は引き寄せられるように、翼に向き合った。

ガクン、と視界が激しく揺れた。

あのときと同じ。だがその衝撃は比較にならない。

気づくと、俺は彼女の手を握っていた。翼はそれを振りほどこうとはしなかった。俯《うつむ》いたままぽつりと呟く。

「あのね、神波くん……」

翼の潤んだ瞳に、意識が吸い寄せられる。

「今日、ウチに誰もいないんだ。だから……もし、よかったら……その……」

彼女が何を言おうとしているかはすぐにわかった。

それに抵抗する理由など、あるはずもない。

だって、そうじゃないか。

俺自身もまた、それを望んでいたのだから。

「ああ……」

もはや、俺のなかに葛藤《かっとう》の一欠片《ひとかけら》すらも生じていなかった。

早乙女翼　その7

翼の家は、駅から歩いて十五分ほどの距離にあった。

案内されるまま、住宅地に並ぶ一軒家に上がる。彼女が言った通り、家に人の気配はなかった。どこか張り詰めたような静寂のなか、俺は徐々に速くなっていく自分の心臓の音を聞いていた。

「の、飲み物用意するから、ちょっと待ってて。あ……ち、散らかってるから、あんまり部屋、見ないで……」

階段を上がってすぐの扉の前で言い、翼は階下へと下りていった。

言葉とは裏腹に、部屋の中は綺麗《きれい》に整理整頓されていた。

そんな部屋の中でも、ひときわ目立つ物が目に入る。棚の上に並ぶトロフィーに、額縁に入って飾られた賞状の数々。どれも陸上の大会のもののようだった。

それから、女の子らしい淡い色合いで統一されたベッドに目が留まった。

戻ってきた翼と、小さなローテーブルを挟んで互いに足を崩す。

俺たちは探り合うように、ぎこちない会話を続けていた。

「ご、ごめんね。急に家に呼んじゃったりして……」

「ぜ、全然。ジュース、ありがと。ちょうど喉渇いてたから……」

「そ、そっか……なら、よかったけど」

「うん、ほんとに……」

気まずい沈黙が、ふたりの間に横たわる。だがしばらくて、

「神波くんってさ、……いま、付き合ってる子はいるの？」

「え？」

「あっ……！　変な意味じゃなくて……って、その、そのままの意味、なんだけど……」

翼はあたふたして顔を赤くした。見ているとこちらまで頬が熱くなってくる。

「いや、いないけど……」

「ほ、ほんとに？　最近、よく九十九里《つくもり》さんと一緒にいるから、てっきり……」

「九十九里？　全然ちがうって。あいつとは、なんていうか……向こうからよく絡まれてるだけだよ」

「じゃ、じゃあ北沢《きたざわ》さんとは？」

「あいつとも、べつになんともないって。まあ、比較的クラスの女子のなかでは話す方だとは思うけど」

「そ、そうなんだ……」

翼はほっとしように頷《うなず》いた。さきほどより表情が緩んでいるように見える。

「でもさ、うちのクラスって可愛《かわい》い子多いよね。九十九里さんだって小顔だし、肌なんかお人形さんみたいに綺麗だし……。それに比べて、わたしなんてこんなに焼けちゃってる

し……男の子だって、白い子の方がいいもんね」

「いや……べつに俺はどっちでも……気にしないっていうか」

「ほ、ほんと？」

「ああ」

「それじゃあさ……神波くんは……どういう子が、タイプなの？」

その質問に、俺は答えるようにして翼の目を見た。

だが、翼の口から続いた言葉は、意外なものだった。

「やっぱり……澄御架ちゃんみたいな子？」

「霧宮《きりみや》……？」

俺が呆然《ぼうぜん》としていると、翼ははっとして口元を押さえ、目を伏せた。

「ごめん。わたし……嫌な子だよね。亡《な》くなった澄御架ちゃんの名前出すなんて……」

「いや……。でも、あいつとは、ほんとにそういうんじゃないんだ。ただ」

「ただ……？」

「あいつとは……よく一緒にいたから。それだけだ」

その直後、床に置いた俺の手に、翼がそのほっそりとした指先を重ねた。

ぎょっとした俺は、まじまじと彼女の顔を見返した。

「澄御架ちゃんが亡くなって、みんなつらかったんだと思う。わたしもそう。でもきっと……一番つらかったのは、神波くんなんじゃないかって、わたしは思うんだ」

「早乙女さん……」

「だから……ね。わたしに、できることがあれば……してあげたいって思ってるの」

それは、いったいどういう意味なのか。

いや――そんなこと、俺もわかっていた。ここに来たときから。(待て)

それこそ彼女の望みであり――俺の望みなのだから。(そうじゃない)

翼が俺の腕を引き、ベッドに仰向けに寝転ぶ。その拍子で、俺のリュックが倒れて中身が散らばった。

それを無視し、俺は枕の横に手をつき、翼を上から見下ろした。(止《や》めろ……)

翼が両腕を俺の首の後ろへと伸ばす。(絶対に、ダメだ)

「神波くん……。わたし……二番目でもいいよ……?」

深い深淵《しんえん》から湧いてくる甘美な誘惑に身を任せるように、俺は顔を近づけ――

そのときふと横目に入ったのは、リュックから散らばった筆記用具のひとつ。いつも使っているシャーペン。この前、翼の力で盗まれたもの。

これしかない、と誰かが腹の底から強く叫んだ。

俺は無我夢中でそれを摑《つか》むと、後先考えずに自分の手の甲に突き立てた。

灼熱《しゃくねつ》が脳天を突き上げる。

「ぐっ……‼　があぁ……！　いってぇ……！」

俺はベッドから転げ落ちて、予想以上の痛みに悶絶《もんぜつ》した。

翼は唖然《あぜん》として、奇行に走った俺を見つめている。

「か、神波くん……⁉」

こんな方法でしか止められなかった。

どこまでもクレバーとはほど遠い。

顔から脂汗が噴き出ていた。激痛で胃酸が逆流してくる。

けれど、ようやく頭の冴《さ》えが戻った気がした。

「やっぱり、ダメなんだ……こんなこと」

「……どうして？」

「こんなこと……絶対に、普通じゃない。普通の高校生が、当たり前に過ごすはずの《日常》じゃない。だから、ダメなんだ。たとえ、それでなにかが手に入ったとしても、それは絶対に、間違ってることなんだ……！」

俺はこみ上げる衝動のまま、それを言葉にして吐き出した。

これは誰かが命を懸けて守り抜いた、日常の出来事ではない。

あいつが全身全霊を傾けて取り戻した、ごくありふれた青春の日々。

それを無下にすることは、たとえあいつがいなくなった今でも、俺にはできない。

「それに……俺は早乙女さんに、もっと自分を大事にしてほしい。きっとあいつなら……

霧宮なら、そう言うと思うから」

「神波《かんなみ》くん……」

俺は、痛みに耐えながら、戦々恐々としていた。

翼の気持ちを否定した先に、なにが起こるのか。

今の明確な拒絶は、きっと翼を傷つけただろう。

彼女の青春虚構具現症が、次に俺の心をどう操作するか、どんな事態が引き起こされる
か、その危険性を受け入れるほかない。

だが、待っていた翼の反応は、俺が予期していたどれとも違っていた。

「やっぱり……神波くんは、神波くんだね」

翼の頰を、涙が伝う。

翼は泣いたまま、穏やかに微笑《ほほえ》んでいた。

なぜ、拒絶した俺にそんな優しい笑顔を向けるのだろうか。

「わたし……わかってたよ。神波くんの心を奪って、こんなことしたって、全然そんなの意味ないってこと……。でもそれでも嬉《うれ》しくて……嫌で……でも、やっぱり嬉しくて……。わたしから、言い出せなくて……。でも、神波くんは、言ってくれた。だから……今わたし、安心した。ちゃんと、やっとわかったから」

「……なに、を？」

「澄御架《すみか》ちゃんのことを大事にしている神波くんが、わたしは好きなんだって」

翼《つばさ》の涙をぬぐうこともできない俺は、ただ茫然《ぼうぜん》と、彼女の微笑に、本当の意味で心を奪われていた。

それは決して、青春虚構具現症によるものではない。

「早乙女《さおとめ》さん……俺は……」

「最初から……わかってたんだ。神波くんの心のなかで一番特別なのは、澄御架ちゃんなんだってこと。あの頃も、今も」

翼の口から澄御架の名前を出されて、俺は動揺した。

まるで俺が、澄御架に恋愛的な感情を持っているような聞こえ方だった。

けれど俺はなぜか、違うとは即答できなかった。

「去年の一年四組で、わたし、ずっと見てた。ヒーローみたいな澄御架ちゃんと、そんな凄《すご》い女の子と一緒になって、クラスの問題を解決しようと、必死に頑張ってる男の子のこと。すごく一生懸命なその人のことが……気づいたら、好きになってました」

どれだけ俺が鈍い朴念仁であったとしても、彼女が言う男子が、自分のことであることは理解できた。

だが、彼女が打ち明けてくれたその想《おも》いに対して、俺は応えることができない。してはいけないと思った。

それは、きっと翼も望んでいない。

翼は一度部屋を出ると、傷薬と包帯を手に戻ってきた。

それで俺の手に応急処置をしてくれた後、すっきりしたように呟《つぶや》いた。

「ありがとう、神波くん」

「いや……俺はなにも、できてない」

「ううん。神波くんのおかげで、吹っ切れた気がする。わたしに今起きていることは、わたしが自分でなんとかしてみせる。そう思えたのは、神波くんのおかげだよ」

「でも、そんなことできるかどうか……」

「できないなんて、言わせないから。わたしの神波くんへの気持ちが、これを引き起こしてるなら……それはわたしの問題だから。それに……澄御架ちゃんや、神波くんが頑張ったように、今度はわたしが頑張る番だもん。そうでしょ？」

翼は再びこぼれた涙をぬぐうと、力強く笑ってみせた。

「神波くん、今度の記録会……よかったら、見に来てくれないかな？」

「え……？」

「神波くんが見てくれてる前で、ちゃんと走れたら、これからも頑張っていける気がするから」

翼はそう言って、俺に手を差し出した。

俺は戸惑いながらも、彼女が示した強い意志に対し、敬意をもって頷いた。

そしてゆっくりと無事な方の手を出し、彼女と握手を交わした。

今度こそ間違いなく——俺たち、自分たち自身の意思で。

早乙女翼　その8

土曜日の昼間、俺と閑莉《しずり》は市内の陸上競技場を訪れていた。

会場には、うちの学校の陸上部以外にも他校の選手や関係者など、大勢が集まっている。

短距離走や、幅跳び、棒高跳びや砲丸投げなど、様々な競技が同時に行われている。その様子を、俺と閑莉は観客席から眺めていた。

「それで、最近はどうなのですか？」

閑莉はちょこんとベンチに座りながら、律儀《りちぎ》に双眼鏡を覗《のぞ》き込んでいる。

こいつが何に興味を持って、何に興味を持たないのか、いまいちよくわからなかった。

「べつに、何もない。平穏無事に、退屈な毎日を過ごしてるよ」

「それはなによりです。社《やしろ》さんが片手を犠牲にした甲斐《かい》はありましたね」

「たかがシャーペンの先が突き刺さっただけだっての。たいしたことは……いてっ」

まだ包帯が取れない手を振ると、小さな痛みが手の甲に走った。

あれから、俺の物が突然なくなるという現象は起こらなくなっていた。

翼とは、ときおり教室でクラスメイトとして会話する程度だ。

もちろん、気まずいに決まっている。だがそれを翼は一切態度には表さなかった。

俺は二重の意味で、彼女に救われていた。

「青春虚構具現症とは不思議なものですね。これで事態が収まったのなら、誰かがきっかけを与えたことで彼女は自分自身の意思でそれを止めてみせた、ということになります」

「ああ、そういうことだ」

「澄御架は、いったい何と戦っていたのか、と考えるときがあります。これは本当に怪奇現象なのか……はたまたなにか、べつのものなのか」

　閑莉の疑問はまったく当然のものだった。

　俺だって、もし今初めてこの現象に直面していたら、もっと取り乱していたにちがいない。なんとかこうして冷静に現実を受け入れられているつもりだが、結局のところ、青春虚構具現症について、はっきりとした正体や原理はまったく掴めていない。

「自分たちと、戦ってるんじゃないか」

　ふと、口から自然とそんな言葉がこぼれた。

　古海《うるみ》のときも、翼のときも、その根底にあるのは、個人的な強い感情だ。

　能力の性質や、それが発現した経緯はまったく違うとしても、常にその中心になって影響を与えているのは、個人の感情であることに変わりはない。

　だとしたら、もしかしたら、青春虚構具現症は幻のようなものなのかもしれない。

　集団幻覚なのか集団催眠なのかは知らないが、実はそこで起きていることそのものが問題なのではなく、むしろ問題は、俺たち自身にあるのではないだろうか。

「……ふむ。社さんにしては、冴えた分析ですね」

「そりゃどうも」

「ですが、油断はしない方がよいかと。今回の翼さんの気持ちが、また再燃しないとは限りません。人間はそれほど理性的な動物ではありませんから。特に十代のうちは」

「おまえだって十代だろうが……」

俺が呆《あき》れていると、競技トラックに、見知った姿が見えた。

翼はいつもとはちがい、ぴったりと身体《からだ》に張り付いたユニフォーム姿だった。

その身軽な見た目からしてすでに速そうだ。

他の選手と並んで、スタートラインの手前で身体を揺らしている。

審判の声とともに、選手たちが位置につきはじめる。

彼女たちの視線の向こうには、校庭で見たときのようなハードルが全レーンに並べられていた。

翼は無事、あれだけの障害をすべて越えて、走りきれるのだろうか。

「今回に関しては、大丈夫な気がする」

「その根拠は？」

俺は沈黙して、翼の姿に注目していた。

緊張した、しかし凛々《りり》しい表情で、まっすぐゴールを見つめている。

「……俺はたぶん、思い上がってた」

閑莉への返答の代わりに、俺は言った。

「北沢《きたざわ》の件があって、青春虚構具現症に対して、なにかできるんじゃないかって。俺が事態を解決させることができるんじゃないかって、どっかでそう思い込んでたんだ。でも、ちがった。一番の解決策は、俺じゃなかった。早乙女さん自身が乗り越えることができるかどうかだったんだ。そんな簡単なことにも、俺は気づくことができなかった」

「社さんは、十分お役に立ったかと」

「だとしても、解決したのは俺じゃない。……やっぱり、霧宮《きりみや》みたいにはいかないな」

自嘲するように言って俺は笑った。

こういうときこそ、閑莉にはよくわからない冗談を言ってほしいところだったが、いつもの通り、にこりともしなかった。

「当然です。澄御架の代わりなど、どこにもいません」

閑莉がそう言ったとき、選手たちが一斉にクラウチングの姿勢を取った。

一瞬、競技場が静まり返る。

直後、甲高いピストルの音が鳴り響いた。

賑《にぎ》やかな声援の声とともに、翼が風のようにレーンを駆け抜ける。

翼は、他のどの選手よりも鮮やかに、すべてのハードルを飛び越えてみせた。

俺は固唾を飲んでその軌跡を見つめる。

翼が一着でゴールを切った。俺は思わず手元で拳を握りしめる。
走り抜けた翼は、電光掲示板に表示された記録を見て、跳びはねて喜んでいる。
歓声が晴れ切った青空に吸い込まれていく。それを俺はぼんやりと見上げた。

きっと大丈夫だ。
あんなに速く地上を駆ける翼なら、青春の呪いすら振り払っていけるだろうから。

追憶【約六カ月前】

「いらっしゃいませ～、スミカの御主人さま♪　こちらへどうぞ～」

教室に駆け込んだ俺は、その姿を見て絶句した。

義憤に駆られて澄御架《すみか》に詰め寄る。

「どうぞ、じゃねーよ！　おまえ、こんなとこでなにしてんだよ？」

「なにって……メイドさんに決まってるでしょ」

文化祭でにぎわう校舎。一年二組の教室で、澄御架は不思議そうに首をかしげた。

フリルが付いたエプロンとカチューシャ、膝丈スカートのワンピースで、首元には大きなリボンが飾られている。

いわゆるクラシカルな方ではないメイド服だった。

「じゃなくて、なんで他所《よそ》のクラスを手伝ってるのか聞いてるんだ。うちのクラスの出し物はお化け屋敷《やしき》だろうが」

「でもさ、通りかかったらなんか人手が足りなくて大変そうだったから。ねえねえ！　それよりどうだい、このスミカのメイド姿は。この限定ＳＳＲ並みのレア衣装で、二組の集客にも貢献しちゃったりなんかして♪」

確かに、教室の外には主に男性客の長蛇の列ができていた。

ただでさえ元の素材がいいのだから、似合っているかどうかでいえば、それは１００％似合ってはいる。だが、俺の任務は別にあった。

「おまえを連れ戻してこいって、クラスのみんなに言われたんだよ。早乙女《さおとめ》さんとか困ってたぞ」

「わっ、大変！　それじゃあ二組のみんなゴメンね！　また終わったらお客さんいっぱい連れて手伝いにくるから～」

「連れて行くな。手伝いにも行くな」

ひらひらと手を振る澄御架を連れて、俺は教室を出た。

すれ違う一般客や生徒の視線が、常に隣を歩くメイド服姿の澄御架に注がれている。俺にとってはただひたすら居心地が悪い。

「っていうか、その衣装あっちのクラスに返さなくていいのか？」

「あ、これスミカの私物だから」

「なんでそんなの持ってんだよ……」

澄御架は母親客が連れた小さな子供に笑顔で手を振っている。

相変わらず誰彼かまわず愛想《あいそ》を振りまくやつだった。

「――いい気なものね、霧宮澄御架」

その和やかな空気は、現れた剣呑《けんのん》な気配によって一変した。

俺たちの前に、令蘭《れいら》が取り巻きの女子たちと一緒に立ちはだかっていた。

厄介なやつに絡《から》まれた、と俺は内心冷や汗が出る。

だが澄御架は、令蘭の言動の端々からこぼれる悪意などまったく気づいていないかのようにきょとんとしていた。

「あ、令蘭ちゃんもよかったらメイド服着てみる？　絶っっ対似合いそう……！」

ぴくり、と令蘭が眉をひくつかせる。

本当に、地雷原を全力疾走するようなやつだ。

だが令蘭も人目のある廊下でことを荒立てる気はないのか、俺たちの横を素通りした。

去り際、小声で呟《つぶや》く。

「このまま文化祭が無事に終わるといいわねぇ。ヒーローさん」

「それ……どういう意味だよ」

「べっつにぃ。ただうちの一年四組は、色々と問題があるようだから。なにかトラブルが起こらないとは、限らないでしょう?」

令蘭はくすりと笑うと、その場から優雅に立ち去って行った。

なにかある。そう直感した。

澄御架にそのことを伝えようと振り向くと、肝心の本人がいない。

気づくと、メイド服姿のまま一般客に向けてチラシを配っていた。

「十六時から体育館でバンド演奏やってるから、ぜひ見にきてくださ〜い♪」

「なにをやってんだよ、おまえは!」

第三章　英雄のいない教室

霧宮澄御架　その1

翼《つばさ》の一件が解決してから、早くも二週間ほどが経《た》とうとしていた。

連休空けの火曜日、休みボケを引きずりながら気だるく午前の授業を消化する。学食で手早く昼食を済ませた俺は、中庭のベンチでぼけっと空を眺めていた。

「社《やしろ》さん、こんなところにいたんですね」

睡魔に襲われかけていた俺の意識を、抑揚にかける声が現実に引き戻した。

ベンチの後ろから、閑莉《しずり》が俺を見下ろしていた。

「九十九里《つくもり》か……。なにしてんだ？」

「猫と戯《たわむ》れていました」

「猫？」

閑莉が指差した先に、野良《のら》らしき黒い猫が一匹、花壇の近くにいるのが見えた。

「どこからか入り込んだようです。迷子でないとよいのですが……」

「見た感じ首輪ついてないし、大丈夫だろ」

そのときふと、奇妙な懐《なつ》かしさが蘇《よみがえ》ってきた。

「そういや……昔、霧宮と迷子になった猫を探したことがあったな」

「そうなのですか？」

クラスメイトの飼っている猫が行方不明になり、相談を受けて絶対に見つけると意気込んだ澄御架に巻き込まれ、一日中あちこちを探し回ったことがあった。

「結局、見つかったのですか？」

「ああ。あいつは請け負ったことは、どんな無茶なことでも、鉄の意志でやり遂げるやつだからな。それに巻き込まれる方はたまったもんじゃないが」

「……珍しいですね」

「？　なにが」

「社さんが、澄御架の話を自分からするなんて」

それは、俺にとっては不意打ちだった。

確かに——自分でもどうかしている。寝ぼけて気が緩んでいるせいかもしれない。

「ところで、今日はまだ社さんと話をしていなかったかと」

「話って、なんの？」

「もちろん、青春虚構具現症の対策会議です」

その言葉でようやく眠気が晴れた。

閑莉は出会ったときから変わらない、透徹とした眼差《まなざ》しを俺に向けた。

「対策って……べつに、ここ最近は特に新しい発症者は出てないだろ。早乙女さんに関しても落ち着いてるみたいだし」

「ですが、それでは困ります。私の目的が達成できません」

「目的？」

「澄御架の後継者を特定することです」

「ああ……まだ諦めてなかったのか」

俺がややぞんざいに言うと、閑莉がわずかに目を細めた。

「まだ、とはどういう意味でしょうか。澄御架の後継者は、依然見つかっていません。私はそれを調べるために、この学校に来たのです」

「そりゃわかってるけど。でも、最近は平和だろ。少なくとも、青春虚構具現症がらみの問題は起きてない。それを利用して霧宮《きりみや》の後継者ってやつが現れるのを待つっていう九十九里の作戦だと、今は待つしかないだろ」

「それは……そうですが……」

俺の指摘に、閑莉が珍しく言葉に詰まった。小さな拳を固く握りしめている。

「前から気になってたけど、おまえ、霧宮とどういう関係なんだ？　なんでそんな、あいつにこだわってるんだよ」

「……澄御架とは、赤の他人です。どういう関係でもありません」

「はぁ？　だったらなおさら、なんで――」

「社さん。私は、新たな発症者が現れることを期待しています」

閑莉はそう言って、俺の質問を遮った。

今、こいつはなんて言った？

「……九十九里。冗談でも、そういうことは言うもんじゃないぞ」

「私は冗談など言っていませんが」

俺は思わずベンチから腰を上げた。自然と九十九里を見下ろす形になる。

「じゃあなにか、おまえは、北沢《きたざわ》や早乙女さんみたいな生徒がもっと増えればいいって、そう言いたいのか？」

「もちろん、それ自体は望ましい事態ではありません。ですが、それで、澄御架の後継者が見つかるのであれば、それを望みます」

「そのために、誰かが苦しんでもか？」

閑莉は頷《うなず》きこそしなかったが、沈黙で肯定を表していた。

どうやら、こいつとは根本的に価値観が合わないらしい。

「おまえのやってることは、無意味だ」

「なぜでしょう？」

「そりゃそうだろ。後継者とやらが見つかったところで――」

俺は吐き捨てるように言った。

「霧宮が帰ってくるわけじゃないんだから」

その瞬間、閑莉の顔が強張《こわば》るのがわかった。

「ボランティアでヒーローやってるような、奇特なあいつの代わりなんて、都合よく現れるわけない。ご愁傷さまだな」

「……やめて、ください」

「今回も前回も、解決できたのは偶々《たまたま》だ。これからもっとひどいことだって起きるかもしれないな。そうなっても、誰も助けになんて来やしない」

「社さん……お願いです……」

「いいか。霧宮はもういない。あいつはもう死んだんだよ……！」

「澄御架《すみか》は私の英雄なんです……！」

中庭に痛切な叫びが響いた。

近くを通りかかった他の生徒たちが、何事かとこちらに目を向ける。

こんな感情的な閑莉を見たのは、出会ってから初めてのことだった。

閑莉の目にはうっすらと涙が浮かんでいる。

「澄御架は、かつて私の人生を救ってくれました。私に希望を与えてくれたんです。だから私は……！」

驚いて固まっている俺に気づき、閑莉は気まずそうに視線をそらした。

「……取り乱してしまい、失礼しました」

「いや……。俺も少し、言葉がきつかったな。ごめん」

「気にしないでください。ただ……ここからは、別行動をとる方がよいかもしれません」

「別行動？」

「元々、私が無理に社さんに協力を仰いだことが原因です。最初から、社さんが私に手を貸す理由はない。であれば、私は単独で動いた方がいいと判断します」

閑莉の言葉は、至極まっとうだった。俺にしても、引き留める理由は何もない。

ただこれまでしつこいくらいに絡んできた閑莉があっさりそう言うのは、奇妙な居心地の悪さがあった。

「社さんのおかげで、青春虚構具現症について、貴重な知見を得ることができました。感謝しています。……それでは、失礼します」

そう言って、閑莉はその場から立ち去った。

平和な昼下がりの中庭に、場違いなほど重苦しい空気が流れていた。

＊

午後の体育は、いつも通り男女分かれて、隣のクラスと合同で行われた。

準備体操でペアになったのは、この前もキャッチボールで一緒だった田辺《たなべ》だった。

田辺は野球部に所属しており、基本的にノリが良く、話しやすい男子のひとりだった。特になにか共通の趣味や話題があるというわけではないが、すれ違えば気軽に話をするような間柄だ。ちなみに、こいつの下の名前は『獅子《しし》』と書いて『れお』と読む。初見はまず間違えるので、逆に憶《おぼ》えやすくすらある。

それはともかく、俺と同じいわくつきの《一四組》のひとりでもある。

田辺と授業がいかにダルいかというある意味で高校生らしい愚痴をこぼしながら、背中を合わせて交互に上体反らしをする。

「なぁ神波《かんなみ》、四組ってどうだ？　カワイイ子いる？」

「まあ、そこそこいるんじゃないか。あんまりちゃんと見てないけど」

「はぁ〜いいなぁ。こっちは女子少ねんだよなぁ……」

「ああ、理系か。まあそりゃしゃーないな」

「今思うと、去年の俺らのクラスも、ルックスのいい女子多かったよなぁ。王園《おうぞの》とか、早乙女《さおとめ》とか、あとは……」

そこまで言って、なぜか田辺は押し黙った。

「なんだよ？」

「霧宮って、ほんとに死んじまったのかな……って」

田辺の呟《つぶや》きに俺は固まった。

以前、翼も同じようなことを口にしていた。

「なんで、そんなこと」

「あ、悪い。なんつーか……いまいち信じられないんだよな。あいつがもう帰ってこないとか言われてもさ。ひょっこりまた、教室に顔出すんじゃないかって、なんかそんな気がしちまうっていうか……」

去年のことを懐かしむような声に、俺もまたその光景を心の中に浮かべた。

きっと、誰もが同じ気持ちなのだろう。

澄御架が教室に帰ってきてくれることを、願わずにはいられない。

だが、それは叶《かな》わないことだ。永久に。

「俺もそう思うよ。ほんとに」

口ではそう答えながらも、俺たちは知ってしまっている。

あの教室に、もう英雄はいないのだと。

霧宮澄御架　その2

その日の朝、教室に足を踏み入れた俺を、いつもとは違うざわつきが待っていた。

「社《やしろ》さん、おはようございます」

閑莉《しずり》が俺に気づいて声をかけた。多少の気まずさはあったが、尋ねる。

「どうしたんだ、みんな。なんかあったのか？」

「あれを、見てください」

閑莉が指した先。

黒板の右下に書かれている日直の名前に、俺はぎょっとした。

霧宮澄御架、とそこには書かれていた。

教室の中には深刻な表情を浮かべている生徒もいる。それもそのはずだろう。イタズラにしても死人を使うのはタチが悪すぎる。

「九十九里《つくもり》、なにか聞いたか？　誰がやったとか……」

「いえ、何も。今朝一番早く登校してきたブラスバンド部の方が言うには、その時点で書かれていたそうです。すでに別の方が職員室へ報告に向かいました」

閑莉は淡々と答えた。

となれば、俺にできることは特に何もない。

だが、イタズラにしても少々度が過ぎている。

同じように不快感を覚えているのは俺だけではないようで、同じクラスだった翼《つばさ》や他の生徒もショックを受けたように表情を曇らせていた。

「ったく、誰がこんなこと……」

「ただの幼稚なイタズラでしょう。気にしても仕方ありません」

「相変わらず、冷めてるな」

そう言いつつも、俺は少々意外だった。

あれほど澄御架のことにこだわる閑莉なら、もっと興味を持つかと思ったのだが。

黒板に近づいた俺は、黒板消しの横にひっそりと置かれたものに気づいた。

それを見た瞬間、背筋がひりつく感覚がした。

俺は他のクラスメイトたちに気づかれないよう、さっとチョコを摑《つか》んでポケットにしまうと、無言できびすを返した。

これを書いた人間に、心当たりがある。

「社さん？」

閑莉の問いかけを聞き流し、俺は迷いなく教室を後にした。

＊

俺が向かった先は、二年一組の教室だった。

ここで合っているはずだ。

教室の戸の前に立ち、中を覗《のぞ》き込む。すぐに窓際《まどぎわ》で談笑しているひとつの女子グループに目が止まった。正確には、その中心にいる人物に。

彼女に向かって、俺はまっすぐに歩み寄る。

急に入ってきた他のクラスの男子である俺に視線が集まる。だが気にはしなかった。

女子グループの前で立ち止まると、その中心にいたひとりの女子——王園令蘭《れいら》が、俺を見て口元に深い笑みを浮かべた。

「あはっ、どこかのワンちゃんが迷い込んだみたいね」

令蘭を取り巻く女子たちが「誰コイツ」「なに?」など、俺をぞんざいに警戒する態度を示す。すると、令蘭がそれを軽く手を上げて制した。

「神波。あなた、たしか四組だったと思うけど、ここは一組の教室よ。ひょっとして寝ぼけているのかしら?」

俺は周囲を軽く見渡した。すでに好奇の視線が集まっている。

ここで話をするのは得策ではない。

「ちょっと、来てくれるか」

「はっ、なぁに? ひょっとして私、愛の告白でもされちゃうの?」

令蘭の言葉に、取り巻きの女子たちが一斉にくすくすと笑い出す。

態度から漏れる悪意を無視して、俺は令蘭に付いてくるよう促した。

向かった先は、屋上だった。

すでに朝のホームルームが始まっているが、そんなものはどうでもよかった。

令蘭もまったく意に介しておらず、あっさりと付いてきた。むしろ、邪魔者が入らず都合がいい。

ふたりだけの屋上で、俺は王園令蘭に向かい合った。

「あれをやったのは、おまえだな」

「なぁに？　なんのこと？」

「うちのクラスの黒板に、霧宮《きりみや》の名前を書いただろ」

俺はさきほどのチョコを、令蘭の足元に放り投げた。

令蘭がそれを一瞥《いちべつ》する。以前、廊下で俺に渡してきたものと同じ、澄御架の好物。

「こんな悪趣味なことをするのは、俺の知る限りこの学校でおまえしかいない。どういうつもりか知らないが、あれはおまえから俺へのメッセージだろ」

「怖い顔ね……。そんなに自分の昔の飼い主を馬鹿にされたことが気に障《さわ》った？」

「そんなことじゃない。おまえのくだらないイタズラで、誰かが傷つく可能性があるとは考えなかったのか？」

俺の言葉に、令蘭がきょとんとして目を瞬《しばたた》かせた。

その邪悪さを知らない人間からすれば、愛くるしい仕草に見えることだろう。

令蘭はため息をつくと、退屈そうに手のネイルを眺め出した。

「そんなくだらない話をするために、あんたを呼んだわけじゃないんだけど」

まるで小さなアリを一匹踏んでしまったという程度の反応だった。

王園令蘭。親はとある大企業の社長で、容姿も成績もトップクラス。

だが、裏の性格は傲慢で、いつも自分に忠実な女子の取り巻きに囲まれている。

その影響力は大きく、かつて一年四組でもクラスの中心人物だった。

だが常にカーストの頂点に君臨してきた令蘭にとって、自分と同じ、あるいはそれ以上に目立つ澄御架《すみか》という存在は、ひどく目障《めざわ》りなものだったのだろう。俺と澄御架は様々な妨害や、排斥を受けた。陰湿で、狡猾《こうかつ》で、手強《てごわ》い相手だ。

「でもまあ、勘は鈍ってないようで安心したわ。特別に許してあげる」

「……で、俺に何の用だよ」

令蘭は実に楽しそうに、口元に深い笑みを浮かべた。

「霧宮澄御架が死んだ本当の理由を、あんたに教えてもらおうと思って」

霧宮澄御架　その3

俺は、令蘭の言葉の意味をまったく測りかねていた。

「本当の理由……？　おまえ、なに言ってるんだ」

「耳が遠くなったのかしら、ワンコちゃん。言葉通りの意味よ。あの女がくたばった理由を、あんたなら知っているんじゃない？」

「知ってるもなにも、全員、先生から聞かされただろ。霧宮が死んだのは……ずっと患《わずら》ってた、心臓の病気だって」

「ええ、そうね。一年の終業式の日、あの女は教室で倒れ、運ばれた先の病院で息を引き取った。そうだったわね」

桜の白い花びらが舞い込んだ、早朝の教室。

俺とあいつ以外、他に誰もいないその場所で――澄御架は倒れた。

「ああ……今思い出してもつらくてつらくて、ほんっとうに涙が出てくるわぁ」

令蘭はわざとらしい仕草で乾いた目元をぬぐう。

「で、それをうのみにして信じろと？」

一転、令蘭は刃のように鋭い視線で俺を貫いた。

「そもそも胡散《うさん》くさいのよ。つい数日前までピンピンしていた若い人間が、急に逝《い》っちゃうなんて。しかも、よりにもよってあの霧宮澄御架が。はっ、１００回殺しても死なないようなしぶとい女でしょうに」

「おまえ……なにが言いたい？」

「あの女が死んだ本当の理由は、べつにある。心臓の病気なんて普通の理由じゃない、なにかが。そう思ったことはない？」

「馬鹿馬鹿しい……。いったい、なにがあるっていうんだ」

俺はわざと聞こえるように、大きなため息をついた。

「悪いけど、俺がおまえに教えられることなんて、なにもない。仮にあったとしても、それを素直にそうしてやる義理もないしな」

「ふふっ……あははっ。残念ながら、本当に知らないみたいね」

「なんで……今さらそんなこと、知りたがる？」

「さあ、なんでかしらね」

令蘭はくすくすと笑い、俺の質問をかわした。

「ところで神波《かんなみ》、最近は色々と忙しそうね」

「……どういう意味だ」

「またあのうさんくさい物理教師のところに、こそこそと出入りしているようだし、校内で妙なことが起きたっていう噂《うわさ》も耳にしたものだから」

令蘭は揶揄《やゆ》するように饒舌《じょうぜつ》に語る。

「ひょっとして、去年私たちのクラスで起きていたアレと、関係があるのかしら？」

ああ、本当に。

俺は王園《おうぞの》令蘭という女のことを、心底恐ろしいと再認識していた。

ある意味で、澄御架と対極に位置する存在。

こいつが、その有能さの一片でもクラスメイトたちのために使おうとするまっとうな善性を持っていたら、と願わずにはいられない。だが、現実はそうではなかった。

俺が黙り込んでいると、令蘭は満足げに頷《うなず》いた。

「その反応、どうやら図星みたいね」

「……そうだ。去年、おまえの身に起きたものと、同じ現象だ」

令蘭の口の端が吊《つ》り上がる。

その脳裏には、一年四組で起きた数々の出来事が蘇《よみがえ》っているのだろう。

去年、王園はある青春虚構具現症を発症した。

それは数あるそれのなかでも、《最悪》と呼べる性質を持った青春虚構具現症だった。

大抵、青春虚構具現症は、本人が意図的にコントロールできるようなものではない。

だが令蘭はちがった。

こいつは、この不可解な異常現象を、自分の《能力》としてみせた。

結果、なにが起こったか。

思い出したくもない悪夢。だがそれでも、澄御架は諦めなかった。

最終的に、令蘭を止めたのは澄御架だ。

令蘭は自分の推測が当たったことで、ご満悦といった様子だ。

「そう、なるほどねぇ。確かアレは一年四組でしか起きないって言われていたはずのものよね？　ふふっ……ほんっっとうに、この学校は素敵で飽きない場所ね。あんな不思議な現象、もう一度私に起こらないかしら」

無責任すぎるその発言に、頭に血が上った。

「ふざけるな。霧宮と俺、クラスのみんながどれだけ――」

「救ってくれと私が頼んだ？　そんなこと一度だって口にした覚えはないわ」

抜き身の刃のような視線が俺を貫いた。

令蘭の瞳には、紛れもない憎悪《ぞうお》の色がたぎっている。

俺たちの視線が空中でぶつかり、互いに一歩も譲らなかった。

「ふん……。もう一限目が始まるわね。そろそろ戻らないと」

「おまえにしては殊勝な発言だな」

俺が言うと、令蘭は呆《あき》れたように嘆息した。

「あのねぇ、ワンコちゃん。私たち今年はもう二年なのよ？　進路や受験に向けた勉強も始まって忙しいのに、あんな怪奇現象もどきに付き合ってる暇はないの、残念だけどね」

令蘭《れいら》は腕を組んだまま、優雅な足取りで俺の横を素通りした。
もはや令蘭のほうを見る気も起きなかった。
だが、最後にこれだけは言っておかなければならない。
「おまえを助けたのは、霧宮だ。その事実だけは忘れるな」
令蘭が屋上の扉を開けたところで、その足音が止まる。
背中越しで、表情は見えない。数秒の沈黙の後、
「借りを返す相手も、もういないわ」
直後、扉が閉まる重々しい金属音が響いた。
俺はようやく振り返り、令蘭が消えた扉を見つめる。
最後まで一切気を許せない相手だった。だがひとつだけ、同意できるところがあった。
何も起きないに越したことはない。
俺たちは、ごく平凡な当たり前の日常を過ごすべきなのだから。

＊

翌日の朝は、いつ雨が降り出してもおかしくない空模様だった。
どんよりとした曇天で、霧が濃い。俺はいつも通り自転車で学校へ向かっていた。

頭では、昨日の令蘭との会話が自然と再生されていた。

閑莉《しずり》にしろ、令蘭にしろ、今だに澄御架に執着している。

あいつはもう死んだのに。すべては、過去に仕舞われた出来事だ。

通学路の途中、学校との中継地点あたりにある橋に差し掛かる。

このあたりは通行量も少なく、朝はほとんど誰ともすれ違うこともない。橋の上にも霧が立ち込めており、近づいてからようやく歩道や道路がはっきりと見えてくる。

そういえば、ここは霧宮と初めて会った——

ブレーキをかけ、ペダルをこぐ足を止めた。

目の前に立つ人影に気づいたからだ。ぶつからないようスピードを落とし、徐行してゆっくりと近づく。

奇妙な予感がした。それはなにか、懐《なつ》かしさのような。

霧の中に立つ少女が、こちらを振り向く。

俺は無意識のうちに自転車を降り、立ち止まった。

息を止め、目を見張る。

「——そこのキミぃ、ひょっとして、助けを求めていたりするのかね？」

それは、本当に突然で。
嫌というほど耳に残った、あいつの飄々《ひょうひょう》とした声。
あの日から永久に失われたのとまったく同じ響きに、俺はそれが現実の声であるという
ことが、すぐには気づくことができなかった。
まじまじと、霧の中で目をこらす。
嘘《うそ》――――だ。
色素の薄い亜麻色の髪。
その瞳は日本人離れした翠色《みどりいろ》で、さらに左右で微妙に色合いが違っていた。それがオ
ッドアイという名前だと知ったのは、こいつと出会ってからだった。
そこに、俺の知っている、霧宮《きりみや》澄御架の姿があった。
「ただいま、社《やしろ》」
この世界は、未知と驚きに満ちている。
それはそうだろう。青春虚構具現症のような現象があるくらいだ。
いつだって世界は、俺たちの予想を軽々と飛び越してくる。
それを俺たちは、ただ茫然《ぼうぜん》と仰ぎ見るしかない。

まさに今、この瞬間のように。

霧宮澄御架《すみか》　その4

俺は愕然《がくぜん》と、目の前に立つひとりの少女に目を奪われていた。

記憶の中の彼女と寸分違《たが》わぬ生身の霧宮澄御架が、霧のたちこめる橋の上で、にこやかに首をかしげている。

現実感がない。あるはずがない。

それにこの橋の上は、澄御架と初めて出会った場所だ。化けて出るには相応《ふさわ》しい。つまり、今見えているのはきっと――

「霧宮……」

澄御架がゆっくりとこちらに向かって歩いてくる。

俺は瞬《まばた》き一つすることも忘れ、蜃気楼《しんきろう》のようなその姿に釘付《くぎづ》けになっていた。

すぐ目の前、手を伸ばせば触れられるほどの距離に、澄御架がいる。

俺はほとんど無意識のうちに、腕を持ち上げていた。

指先が彼女の頬に触れると、柔肌を押し込む確かな感触があった。

澄御架はびくりと跳ねて、慌てたように顔を押さえる。

「ちょ、ちょっとちょっと！　なに社？　スミカの顔になんか付いてた？　きゅ、急に触ったらビックリするっしょ」

「あ、ああ、悪い……」

「もぉー、スミカ以外にそういうことしちゃダメだぞ。めっ」

澄御架はなぜか嬉《うれ》しそうな様子で、俺のデコをお返しとばかりにちょこんと突いた。その感触も俺の額にしっかりと残っている。

幽霊や、幻ではない。

俺はようやく意識して息を吸い込み、唖然《あぜん》として口を広げた。

「でも、おまえ……あのとき――」

「死んじゃった、って思ってたよね。社は」

俺の思考などお見通しだと言わんばかりに、澄御架は言った。

腰の後ろで手を組み、悠々と歩き出す。

「ど、どこ行くんだよ⁉」

俺は咄嗟《とっさ》に、澄御架の腕を摑んだ。

そうしないと消えてしまうのではないか。そんな咄嗟の恐怖と焦《あせ》りからだったが、むしろ澄御架の方が驚いたように目をぱちくりさせる。

「どこって……学校に決まってるでしょ。遅刻しちゃうよ？」

ごく当たり前のように澄御架は言った。

そのあっけらかんとした様子に、俺の動揺と混乱は臨界点を突破し、行き場を失って怒りとなって噴き出した。

「ふ、ふざけんな……！　おまえ、俺が……俺たちがどれだけ……！　生きてるってなんだよ⁉　ありえねえだろうが！」

「にっしし♪　スミカの偽装を見破れない社は、まだまだ修行が必要のようじゃのう」

「ぎ、偽装？」

「あのとき、教室で倒れたスミカを、社が見つけてくれたでしょ。でも、あのときスミカの心臓はまだ止まっていなかった。そしてスミカはその後、搬送された病院で死亡が確認された。社やみんなが知ってるのは、それだけでしょ？」

「だけって……そりゃ……」

「スミカが死んだ瞬間を、誰も見ていない。それが答えだよ」

澄御架は手首を摑《つか》んだままの俺の手に、上からもう一方の手を重ねた。

「心配かけて……ほんとにごめんね。でも、スミカは、今はここにいるよ。それは本当で、嘘じゃないから」

二つの色に分かれた双眸《そうぼう》が、俺を正面から見つめていた。

どこまでも深く、この世のすべてと対峙《たいじ》する決意を秘めたような瞳。

それを前にし、沸騰した俺の怒りも霧散していく。

「どういうことなんだよ……。頼むから、説明してくれ……」

「ねぇ、社はさ、《黄金の血》って知ってる？」

「は？　なんだよそりゃ……」

急に出てきたファンタジックな名称に、俺は面食らった。

「世界で一番めずらしい幻の血液型、Rh null《アールエイチナル》型のことだよ。世界中でも、たった数十人しかいないって言われてる」

なぜ澄御架が急に血液型の話をし始めたのか、わからなかった。

「スミカが、心臓の病気だったのは前に話したでしょ？　スミカはね、その手術をするために海外に行ってたんだよ。この国じゃできない、難しい手術だったから」

生まれつきの心臓の病。

そうだ。それが澄御架の死の原因だと、俺たちは聞かされていた。

はっとした。

「もしかして……その血液型っていうのが……」

「うん、スミカの血液型。だから手術にも、その輸血がどうしても必要だったんだ。ずっと、ドナーを探していたんだけど、結局見つからなくて、タイムリミットが来ちゃった。あと選ぶことができたのは、座して死を待つか。……もしくは、ルールから外れた手段を選んででも、賭けに出るか」

しだいに、話の内容が物騒になっていく。

だがこんなところで臆してはいられない。俺は続きを促した。

「その違法な手術をするには、素性を偽って、国外に出る必要があったんだ。そのために、スミカはスミカの死を偽装して、自分の存在を記録から消すことにしたってわけ」

まるでスパイ映画かなにかのような澄御架の話に、俺の脳が追い付かない。

「ほんとを言うとね、手術が成功するかどうかが、わからなかったんだ。もし失敗したら、ほんとにそのまま死んじゃってたからね。それならそれで、みんなをがっかりさせることもないっていう、そこまで考えた予備のプランでもあったんだよ」

澄御架は淡々と言った。

自分がそんな生死の境のぎりぎりを彷徨《さまよ》ったことなど、まるで感じさせない口調で。

「あっ、でも、もう大丈夫だから」

「大丈夫って……なにがだよ」

「色々と根回しをしてもらって、とりあえずお咎《とが》めなしってことにしてもらったから。いきなり逮捕されたりしないから安心して」

「その話を聞いて、なににどう安心すりゃいいんだよ……」

俺は驚きを通り越して、呆《あき》れるしかなかった。

こんな話を、もし澄御架以外の口から聞いたとしたら、まず間違いなく鼻で笑い飛ばしていただろう。

だが、奇妙な納得が俺の中に芽生え始めていた。

「……おまえがもし、本気で俺を騙《だま》そうとしているなら、こんな嘘みたいな話じゃなく、もっと地に足のついた話をするはずだ」

「うん、それはそうだね」

つまり──これは限りなく、嘘のような、真実なのだろう。

「あ、もちろんスミカのファザーとマザーも協力者だから、そこは気にしないでね♪」

「いったい何者なんだよ、霧宮家の人間は……」

思わず乾いた笑いがこぼれる。

腑《ふ》に落ちた途端、全身にどっと疲れを感じていた。

「おまえ……前からとんでもないやつだと思ってたけど……それ以上だな。他にも、まだとんでもない秘密があるんじゃないか？　実は男とか」

「それはねぇ〜〜〜……」

「いや、やっぱり言わなくていい。知りたくない」

「ええ!?　な、なんでぇ〜〜！　まだまだスミカの秘密いっぱいあるよ？　まずスリーサイズでしょ。上から順にはちじゅ――」

「だーもう！　誰もそんなの聞いてないだろ……！」

俺は耳を塞いで澄御架を置いて歩き出した。

気がつくと霧はいつの間にか晴れており、雲の切れ間から日差しが降り注いでいた。

＊

自転車を引きながら、澄御架と並んで人気のない歩道を歩く。

「それにしても、社、ちょっとみない間に大きくなったねぇ。ついこの前はこんなだったのに」

澄御架は自分の腰の辺りを指して言った。

「おばあちゃんみたいなこと言うな。っていうかどんなだよ」

「二年生になって、前より大人っぽく見えたのはホントだよ。澄御架がいない間、どんなことあったの？」

あまりに短い間に色々なことがあったせいで、俺は言葉に詰まった。

いったい、なにから話すべきだろうか。

「まず、おまえのことをストーカーのように調べている転校生が来た」

「なにそれ⁉ すっごく面白そう！」

「まず怖いとか思わないのか、おまえは……。まあ、女子だしべつに変態的な意味ではないから安心しろ」

「うわぁ楽しみぃ～！ もう楽しみすぎて、スミカが逆にその子のことストーカーしちゃうもんね！」

「おまえなら本気でやりそうだから、通報される前にやめとけ」

「他には他には？」

「あー……、うちのクラスで突発的にワープする女子と出会ったり、俺の持ち物が消えてなぜかロッカーに移動してたりした」

古海《うるみ》と翼《つばさ》の件がまっさきに脳裏に浮かんだので口にすると、澄御架は立ち止まった。

「そっか……やっぱり、また起きたんだね。一年四組だけじゃなかったんだ」

「そうだ。でも、今言ったふたりについては、もう大丈夫だ」

「社《やしろ》が解決してくれたの？」

「まさか。俺はただ巻き込まれてあたふたしてただけだよ。……おまえとはちがう」

俺は本心からそう答えた。

古海のときも、翼のときも、主人公のような活躍とはほど遠い。それは澄御架《すみか》がいなかった間に十分骨身に染《し》みたことだった。

ふと、さきほどの澄御架の言葉がひっかかった。

「待て、おまえ……今、や、っ、ぱ、りって言ったか？　まさか、知ってたのか？　青春虚構具現症のこと」

「うん」

「どうやってだよ？　ニュースになるようなことじゃないだろ」

「それはもう、スミカの学校愛は電波に乗って地球のどこにいても届くのさ」

「真面目に答えろ」

「うんとね、知崎《ちさき》先生のSNS。それで知ったんだ」

突然出てきた意外な名前に面食らった。

「先生、独自に青春虚構具現症のこと研究してるでしょ？　普段はムー大陸とイルミナティとレプタリアンのことばっかり書いてるんだけど、ひさしぶりにそれ以外の記事の更新があったんだ。そこには、空間のねじれと質量交換についての考察と、脳波とマインドコントロールの最先端研究について書き連ねられていた。それを見て、これはひょっとして、って思ったんだ」

「……そういうことか」

俺が頷《うなず》いたのは、もちろん秘密結社とかのオカルト話についてのことではない。

澄御架が知崎の個人SNSを見て、学校に新たな青春虚構具現症が起きたことを読み取った、ということだ。

「だから……戻って来たのか？」

澄御架が嬉《うれ》しそうににやりと口元を緩ませる。

「さっすが、長年このスミカの相棒を務めたヤシロン君だねぃ」

「……その呼び方は気にいらないからやめろって、前から言ってるだろ。だいたい長年って、せいぜい一年くらいの付き合いだろうが」

「付き合いの深さに時間は関係ないっしょ」

「そういう問題じゃなくてだな……」

「スミカはね、本当はこのままみんなの前から、消えるつもりだったんだ。だって、一度死んだ人間が生き返って戻ってきたら、みんな驚くでしょ？　でも、新しい青春虚構具現症が起き始めたことを知って、そうもしていられないなって」

「霧宮《きりみや》……」

去年、一年四組に澄御架がいなかったら、どうなっていたか。

打破不可能と思われた困難の場を、どれだけ共に乗り切ってきただろうか。

澄御架はいつだって、最後まで希望を捨てない。

そして、誰にも希望を捨てさせない。

それは今でも失われていなかったのだと、俺はそのときようやく理解した。

「……相変わらず、ほんっとに自分勝手だな。おまえは」

「社の前では、特にね」

「ったく……」

それから十分ほど歩き、俺たちは学校の正門前へと到着した。

「わぁ～学校ひっさしぶりだぁ！　ところで、スミカの新しいクラス、二年四組らしいんだけど、社は？」

「は？　俺は四組だけど……おまえも？　冗談だろ」

「ほんとー。やった！　じゃあまた一年間一緒だねぃ。それじゃあ社、教室まで案内を頼むぞよ」

「はいはい」

澄御架は俺の背中をぐいぐいと押した。

その自由気ままな奔放さは、間違いなく本物の霧宮澄御架のものだった。

霧宮澄御架　その5

それから丸一週間。澄御架の帰還は、学校中を衝撃の渦に巻き込んだ。

当然だろう。死んだことになっていた生徒が生きて帰ってきたのだから。

そんな事態にどんな対応をすべきかというマニュアルは、平凡な公立高校の職員室には用意されていないはずだ。

澄御架が、どこまで他の人間に、俺が聞いたあの嘘《うそ》のような真実の話をしたのかは定《さだ》かではない。だが澄御架はその人並み外れた雄弁ぶりを遺憾なく発揮したらしく、数日後には平然と俺たちのいる教室に戻ってきた。

さらに数日が経《た》った頃――

休み時間の教室で、澄御架はいつものようにクラスメイトたちに囲まれていた。

その様子を俺は自分の席から遠巻きに眺めていた。

これでも、ようやく落ち着いた方だった。

澄御架が戻ってきた直後は、とんでもない騒ぎだった。澄御架は会う人間から質問攻めに遭い、学校中の生徒が澄御架を見に来た。もちろん、その中には事情を知らず、ただの野次馬根性で噂《うわさ》の美少女を見に来た連中も多かったようだが。

実際、澄御架はルックスだけにおいてもずば抜けている。

知らない人間からしたら一般人にはまず見えないだろう。顔立ちもスタイルも、並の新人俳優やアイドルや人気読者モデルに引けを取らない。それこそ、あの王園令蘭《おうぞのれいら》と並べば、竜虎相搏《あいう》つ、甲乙つけがたしといった眺めになるだろう。

それに加えて、誰に対しても気さくで愛嬌《あいきょう》あふれる性格が人気を集める理由でもある。

澄御架は一切嫌味なく、ごく自然体で人気者というポジションをまっとうしている。

もちろん、その距離感の近さに慣れない人間はそれなりにいるだろう。

出会ったばかりの頃の俺自身もそうだった。

だが澄御架は、そんな壁など、たやすくぶち壊すだけのエネルギーを持っていた。

人の心を解きほぐす才能。

それは、澄御架の持つ特技のなかでも、格別に稀有《けう》なものなのかもしれない。

「改めて、信じられませんね、本当に」

ふと気づくと、隣に閑莉《しずり》が立っていた。

俺と同じように、視線は人の輪の中心にいる澄御架に向けられている。

「いいのか？　あそこに交ざらなくても」

「構いません。騒がしいのは苦手なので」

「そうか」

「私は澄御架のことを知るために、この学校に転校してきました。それなのに、まさかこうして本人が帰ってくるなんて……思いもよりませんでした」

「これでおまえの後継者探しとやらに付き合う必要がなくなって、俺も気が楽だ」

「はい。これで十分なんです。澄御架がいるだけで」

そのときの閑莉の横顔は、これまで見たことがないほどに穏やかだった。

初めて閑莉の素顔を見られたような、そんな感覚がした。

「わっ!?　今日もまたこんな感じ？　ほんと澄御架のモテ具合エグいねー」

後から教室に入ってきた古海が驚きの声を上げた。

感心したように人だかりの中心にいる澄御架を眺めたあと、なぜか俺の顔を見る。

「やー、でもあんなカワイイ子がねー、なーんか信じらんない」

「なにが……だよ」

「え、だってあの子と付き合ってたんでしょ？」

とんでもない誤解を、古海はさも当然のように口にした。

「あれ、ちがった？　ひょっとして、ただの神波《かんなみ》の片思いだったとか？」

「前者はありえません。澄御架と社さんでは、スペック的に釣り合わなかったので。後者は、可能性としてはありますが」

「なんでおまえが代わりに答えるんだよ。どっちでもないわ」

「もし社さんが本気なら、私は応援します。ファイト、です」

「……」

俺は真面目に答えるのも馬鹿らしくなり、澄御架の方に視線を戻した。

今こうしていてもまだ、信じられない。

澄御架が生きていた。生きて、また俺たちの元に戻ってきたのだ。

たしかに、それだけで十分だ。

不意に、鼻の頭がじんわりと熱くなる。

不覚だった。涙を閑莉たちに見られたくないと思い、咄嗟《とっさ》に顔を逸《そ》らす。

「？　どうしたんですか、社さん」

「あれれ～？　神波、ひょっとして泣いてる？　カワイイとこあるじゃーん」

「……っ、なんでも、ない」

「うるさい……」

古海《うるみ》が面白がって俺の顔を覗《のぞ》き込む。

さぞイジられるだろうと思っていると、ふと、古海が眉をひそめた。

「ん？　え、なにひっかけ？　もー感動ぶち壊しじゃん。神波がそーゆーイタズラするキャラだったとか、意外なんだけど」

「は、はぁ？　なに言って……」

俺はむず痒《がゆ》くなった鼻をすすり、目元をぬぐう。

泣いてしまったことが、いったいなんのイタズラなのだろうか。

「次からは目薬用意すれば？　泣いてないの、バレバレだから」

「――――え？」

俺はぬぐった自分の指先を、ふと見つめた。

なぜかそこは、まったく濡《ぬ》れていなかった。

霧宮澄御架　その6

「じゃー今日は、澄御架《すみか》のおかえりと、みんなとの再会を祝して……」

夕暮れのファミレスで古海が音頭《おんど》を取る。それに合わせ、俺たちは思うままに手元のドリンクバーの容器を掲げた。

「かんぱーい！」

一斉にコップに口をつける。

説明するまでもなく見ての通りだが、俺たちは澄御架との再会を祝した、ささやかな打ち上げに来ていた。メンバーは澄御架、閑莉、古海、翼《つばさ》——そして俺だ。

全員がコップを置くと、澄御架のものだけ空になっていた。古海が目を見張る。

「澄御架はやっ⁉　もう飲んだの？」

「くぅぅ〜〜〜ぷぱぁ！　うまいっ！　いやぁ〜一日の終わりに飲むホットココアは最高だねぇ」

「一気飲みするような飲み物じゃないだろ……」

相変わらず、澄御架はあらゆるところが常人とずれている。

古海は口を開けて驚き、翼は口元を押さえて笑っている。リアクションが薄いのは元々クールな閑莉と、澄御架の奇行に慣れ切った俺だけだ。

「そういえば澄御架ちゃん、今日はどうしてわたしたちのこと誘ってくれたの？　神波くんほど、仲良かったわけじゃないのに」

「そーそれ。アタシなんか、そもそも去年クラスちがうのにさ」

翼が当然の質問をし、古海も頷《うなず》く。

「社から、スミカがいなかった間に起きたことを聞いたんだ。それで、ここにいるみんなから直接話を聞きたくて」

「神波くん、それって、ひょっとして……」

「ああ。つまり、青春虚構具現症にかかわった人物だ」

俺は澄御架の言葉を継ぐようにして答えた。

古海と翼は、二年になってから青春虚構具現症を発症した生徒たち。

そして閑莉は、俺とともにその奇怪な現象を目撃している。

ここに来る前、澄御架から自分が不在の間に起きた事件とその中心人物について知っておきたいと言われた俺は、こうして打ち上げと称して三人を集めたのだった。

澄御架はこほんと、わざとらしく咳払《せきばら》いした。

「スミカは、この学校でまた異変が起き始めたことを知って、帰ってきたんだよ」

澄御架の言葉に、その当人である翼と古海が顔を見合わせる。

「じゃあ……ひょっとして、わたしたちのために……？」

「マジ？　めっちゃヒーローじゃん。澄御架ってほんとに噂通りのキャラなんだ」

「マジマジの大マジ、だよ。だから、こう見えても急いで戻ってきたつもりだったんだ。ところがどっこい、帰ってきてみたら事態が解決してるって知って、驚きの助だよ」

そう言って、澄御架は俺に視線を向けた。

「閑莉も古海ちゃんも翼ちゃんも、大変だったよね。でも、みんなが頑張ってくれたおかげで、スミカもこうして駆けつけることができたってわけなのですよ」

「私は当事者ではありませんので、翼さんと古海さんが一番の被害者かと」

ん？

今、一瞬なにか違和感があった。だがそれが何なのか、すぐにはわからない。

「そうだったんだ……。ありがとう、神波くん」

翼から礼を言われ、俺は疑問を一旦棚上げした。

「いや……こいつが勝手に戻ってきただけだよ。俺は何もしてない」

「でも、神波くんが、澄御架ちゃんが戻るきっかけを作ってくれたってことでしょ？　だったら、やっぱりありがとうだよ。みんな、澄御架ちゃんのこと待ってたんだから」

翼の言葉に、閑莉が頷いた。

「はい。私はずっと、澄御架と会える日を、心待ちにしていました」

「頑張ったんだね、社。えらいえらい♪」

「お、おいやめろ」

澄御架が唐突に身を乗り出して俺の頭を撫《な》でてくる。

俺が慌てて手を振り払うと、テーブルに和やかな笑いが起きた。

「ご褒美《ほうび》はなにがよいかね？　チョコ？　ショコラ？　ショコラート？　それともカカオマスを原料とした甘いお菓子？」

「全部チョコじゃねーか！」

「じゃあ、スミカからのチューとか？」

「そっ……!?」

俺が言葉に詰まると、女子陣たちが急に静まり返った。

反応が妙に冷たく、俺は困惑した。

「本気だと思っていそうなリアクションですね。残念です、社さん」

「うん……神波くん、ちょっと残念な感じ……かも」

「あはは、神波残念だって～」

「どういう意味だよ⁉」

くだらない駄弁《だべ》りをしながら、時間が過ぎていく。

澄御架は終始、楽しそうに笑っていた。

それだけで、世界からすべての問題が消えていきそうな楽しげな笑い声だった。


ファミレスを出ると、辺りはすっかり暗くなっていた。

澄御架は、古海と翼、そのふたりを送っていくと言って手を振った。残された俺と閑莉も帰路につく。

「相変わらず騒々しかったな」

「はい。ですが、みなさん楽しそうでした。私も……楽しかったです」

「あいつは、人生を謳歌《おうか》することにかけては天才だからな」

「良《よ》いことかと。澄御架がいれば、明日はもっといい日になるような気がします。今日よりも、もっと完璧に」

「いちいち大げさだな……」

俺は隣を歩きながら、感傷的なことを言う閑莉を物珍しく眺めていた。

＊

「おっはろ〜ろはっお！　社〜」

　登校中の道で、奇抜な回文挨拶で澄御架に声をかけられた。

　先週まであれだけ学校を賑《にぎ》やかした有名人だったが、今はごく自然に通学中の生徒たちの一員として溶け込んでいる。

　するとなぜか、澄御架は腕を組んで難しそうな顔をした。

「？　なんだよ」

「いやぁ〜盛者必衰《じょうしゃひっすい》と申しましょうか……スミカの人気っぷりも、こんな風に一、二週間ですっかり収まってしまうのだと思うと、悲しくってねぇ」

「散々学校中を騒がせといて……周りの迷惑も考えろ」

「まあでもいっか！　ここからスミカの成り上がり逆転劇が始まるんだもんね！」

「聞けよ、人の話を」

「でも、戻ってきてほんとによかったよ。閑莉《しずり》や翼ちゃんに古海ちゃん、新しい友達いっぱい増えたし！」

　そのとき、俺はまたファミレスで感じたのと同じ違和感を覚えた。

と、ようやくそれが何なのかを理解する。

「おまえ、なんで九十九里《つくもり》のことだけ呼び捨てなんだ？」

「へ？」

澄御架はきょとんとして、目をぱちくりさせた。

こいつは基本的にクラスメイトのことを、下の名前にくん付けやちゃん付けで呼ぶ。

「なんでって……なんでだろ？　あれかな、閑莉ってなんかこう……妹みがあるっていうか、後輩みがあるっていうか……連れて帰りたい可愛《かわい》さがあるっていうか……」

「最後のひとつはともかく、まああいつ小柄だし、わからんでもないけど」

違和感の謎が解消されて、俺はすっきりした。

ただ、なんだろうか。どこかまだ、喉の奥に小骨がひっかかったような心地悪さが残っている気がした。

「ちなみに、社のことを社って呼ぶのは、社がスミカの特別だからだよ」

俺の前でくるりと振り返った澄御架は、そんなことを言った。

「……意味がわからん」

「いや、わかってる！　社は今照れ隠しでわからないフリをしてるんだ！　スミカにはおみとーしだよ〜！」

「ああ朝からうっさいなおまえは！」

俺は昔のような軽口を叩《たた》き合いながら、学校の校門をくぐった。

すると、駐車場の車から降りてきた知崎《ちさき》がちょうど歩いてきた。

銀縁眼鏡の奥の理知的な視線が俺たちを捉える。

「あ、おはようございます、先生」

「知崎先生、相変わらずビューティホーですぞ〜」

澄御架の気持ち悪い挨拶に俺は顔をしかめ、知崎も難儀そうに眉をひそめた。

「おまえな……それよりも先生になにか言うことないのかよ」

「なんの話だ、神波《かんなみ》」

「いやだって、死んだと思われてたとこに帰ってきたわけだし……」

「……？　神波、おまえはなにを言っているんだ」

「え？」

知崎は怪訝《けげん》そうな表情を、なぜか澄御架ではなく俺に向けた。

「だから、ずっといなかった霧宮《きりみや》が、学校に戻ってきたから……」

「いなかった？　霧宮は一年のときから皆勤賞で毎日登校していただろう。担任でなくてもそれくらいは知っているぞ」

俺の方が、むしろ知崎が何を言っているのか理解できなかった。

「あの……知崎先生。一年の最後の日、スミカはこの学校で倒れたんです」

「霧宮まで……いったいなんの冗談だ？　おまえは三年生の卒業式で、在校生代表の挨拶をしただろう。教師陣なら全員知っているぞ」

知崎が冗談を言っているのだと、そう思えればどれだけよかったか。

だが不運にも、俺は彼女が冗談を言うタイプでは決してないことを知っていた。

思わず、澄御架《すみか》の顔を見る。

さっきまであれほどふざけていたその顔が、厳しい眼差《まなざ》しに変わっていた。

「社。もしかしたら、よくないことが起きているかもしれない」

霧宮澄御架　その7

「え、澄御架ちゃんがなに？　戻ってきた……って、なに、言ってるの？」

「霧宮さんって、四月の始業式の日からずっと登校してたよな？」

「ずっといなかっただろって……目立つ霧宮さんがいなかったら、先生だってすぐに気づくと思うけど……」

クラスメイトの誰に聞いても、そんな反応が返ってきた。

その度に、俺と澄御架は顔を見合わせた。

「いったい、どうなってるんだ……？　俺ら、なんかハメられてるわけじゃないよな」

「スミカへのサプライズドッキリだったらいいんだけどねぇ。うん、この空気は、どうもそういうわけじゃなさそう」

澄御架自身も唸《うな》っている。

普通なら、この異様な状況にパニックを起こしてもおかしくないが、幸か不幸か、俺たちはこういった特殊な現象にある程度の免疫があった。

つまり、青春虚構具現症の可能性がある。

「やれやれ……社《やしろ》と再会したと思ったら、すぐこれだもんね。あーあ、社といるとホント退屈しないよぅ」

「そりゃ俺のセリフだろ……」

「褒め言葉だよ？　だからこそ、スミカは社とずっと一緒にいたいのさぁ」

澄御架のいつも通りの浮ついた戯言《ざれごと》は無視し、俺は澄御架がいなかったことを完全に忘れているクラスメイトたちを見つめた。

「とにかく、何が起きてんのか調べないとな……」

「そうだね。みんなの認識がおかしくなっているのか、あるいは記憶を失っているのか。あるいはそれ以上に厄介なことも、この学校ならありうるからね」

俺は澄御架の言葉に頷《うなず》き、さっそく学校中を調べ回ることにした。

＊

一日が終わり、俺と澄御架、閑莉の三人は、生徒たちが帰った教室に残っていた。

グラウンドからは運動部の掛け声が、校舎からは吹奏楽部の演奏が聞こえる。そこにはいつも通りの放課後が広がっていた。

唯一、澄御架についての大きな事実だけを失って。

「やっぱり、霧宮がいなかったことを生徒も教師もだれひとりとして覚えていなかった。学年もクラスも問わずに、だ」

「古海《うるみ》さんも、翼《つばさ》さんも、澄御架が亡《な》くなったことになっていたという話を、まったく聞いたことなかったそうです」

「昨日話したときは、そんな様子全然なかったのに……どうなってんだ？」

「うーん、にゃるほどねぇ……」

机の上に座った澄御架が、目を閉じて眉間にしわを寄せた。

「この学校にかかわる人の記憶が、本来あるべき状態から変わってしまっている……ということだね、ヤシロン君」

「俺と九十九里と、おまえを除いて、な」

なぜか、俺たち三人だけが、その対象から外れていた。

理由も皆目見当がつかない。今言えることがあるとすれば、ひとつだけだ。

「これも、誰かの青春虚構具現症による影響……ということなんですね」

「間違いなく、そうだね。閑莉」

澄御架は迷いなく頷いた。そこでふと、俺はあることに気づいた。

「待てよ……みんなは覚えてないとしても、記録はどうなってるんだ？　出席簿とかテストの答案とか、物理的にいなかった証拠はあるはずだろ」

「そう、そこなんだけど」

澄御架はそう言うと、学級日誌を取り出した。表紙には二年四組の文字がある。

澄御架はそれを俺たちの前で、最初のページからめくってみせた。

四月はじめの登校日から、毎日記録がつけられている。

席の順番通りに、日直の生徒の名前が、本人の直筆で書かれている。あ行が終わり、すぐにか行が始まった。

俺たちは、そこで驚くべきものを目にした。

霧宮　澄御架

まるで教科書のような綺麗《きれい》な字体で、その名前は綴《つづ》られていた。

その筆跡には、俺もはっきりと見覚えがあった。

「これ……おまえの字、だよな。おまえが書いたのか？」

「ノンノン、スミカはこんなの書いた覚えはないよ」

「じゃあ、誰が……」

「澄御架、試しに名前を書いてみてください」

閑莉がノートのページを開き、そこに澄御架がすらすらと自分の名前を書いてみる。

その文字と学級日誌に書かれた名前の字体は、驚くほど一致していた。

「どう見ても、澄御架本人のものですね」

「誰かが、痕跡を捏造《ねつぞう》したってことか……？　いや、でもこんなの書いてたら、先生か次に書いたやつがおかしいって気づくよな、普通」

「そう。だからこれは、最初からこういう風に書かれたわけじゃない。スミカがいなかった事実を消すみたいに、この日誌自体が改変されているんだよ」

澄御架は恐ろしいことをあっさりと口にした。

さらに懐《ふところ》からスマホを取り出すと、あるページを俺たちに見せた。

「ふたりとも、これ見て」

「これは……この学校のホームページでしょうか？　いま映っているのは、今年の始業式の写真ですか？」

「そ。校長先生のありがたきお言葉とみんなが必死に戦っているときの写真」

もちろん俺は覚えていた。ついこの間のことだ。

ホームページの写真にはさすがに居眠りしているような生徒は写っておらず、真面目な表情で整列する生徒たちの写真が切り抜かれていた。

はっとする。同時に、背筋に寒気が走った。

「おい、待てよ……」

生徒たちが集合する写真を、じっと凝視する。

その生徒たちの後ろの方に、笑顔で起立する澄御架の姿があった。

俺と閑莉《しずり》は言葉を失っていた。

この始業式の日、間違いなく、澄御架はこの場にいなかった。

なぜこの写真に、そのいないはずの澄御架の姿が写っているのか。

「学校のみんなの記憶からだけじゃない。スミカがいなかったあらゆる記録が、改竄《かいざん》されている。だれかの――青春虚構具現症によって」

澄御架は密室で犯行が行われたと見抜く名探偵のように、そう断言した。

霧宮澄御架　その8

「今日はまた格別に興味深い話をしてくれるな、神波」

俺と澄御架と閑莉は、例によって科学準備室に足を運んでいた。

その部屋の主《あるじ》とも言うべき白衣姿の知崎は、俺たちが口にした新たな青春虚構具現症についての話に、真剣に耳を傾けていた。

澄御架がいなかった事実を、誰も覚えていない。知崎ですらも。

そして、それを示すあらゆる痕跡という痕跡も消えてしまっている。

いまやその事実を認識しているのは、俺と澄御架、閑莉の三人だけ。

ただそんな話をしても怪訝な表情ひとつ浮かべないのは、知崎らしかった。

「つまりおまえたちの話では、この私も青春虚構具現症の影響を受け、記憶を失ってしまっている、ということだな」

「はい」

「その当人に自覚もなく、物理的な証拠もないとなれば、それを私自身が認識することは困難だろうな」

「知崎《ちさき》センセーは、青春虚構具現症のことはちゃんと覚えてるよね？」

「当然だ。私のマイブームのひとつだからな。今日のおまえたちの話で、またさらに研究が捗《はかど》るよ」

「えへへ～それはよかったぁ。センセーのＳＮＳ面白いから、スミカ好きなんだよねぇ」

「呑気《のんき》に笑ってる場合かよ……」

　マイペースな者同士の会話は傍《はた》から聞いていると不安しかない。

　去年もこういう場面が幾度となくあった気がする。

「ひとつ確認だが、霧宮《きりみや》。おまえ自身に、なにか変化はないのか？」

「なんにもないよ。むしろ、みんなが前みたいに、当たり前に受け入れてくれるから楽だなぁ～くらいにしか」

「……なるほど」

「先生、今のなるほどはどういう意味ですか？　まさか、澄御架が青春虚構具現症の発症者ではないかと、疑っているのですか？」

　閑莉の詰問《きつもん》に、鑑《かがみ》は首を横に振った。

「いや、それはないだろう。青春虚構具現症は、その生徒の強い根源的な願望が形になって引き起こされるものだ。その程度では関係ない。私が質問したのは、これによって、おまえたちが何に困っているのか、ということだ」

「確かに……今のところ、実害があるわけでありませんが」

「でも、放ってはおけないよ」

きっぱりと、澄御架《すみか》が答えた。

「青春虚構具現症によって引き起こされる現象は、一定じゃない。その性質は変化し、拡大し、進化する。だから、スミカたちはこれを放っておけないんです。それによって誰かが傷ついたり、取り返しのつかない悲劇を引き起こす前に、止めないと」

日本人離れした色合いのオッドアイの視線には、穏やかで強い意志が宿っている。

それを見ていると、不思議と大丈夫だという気持ちにさせられる。

なにかに挑もうという気にさせられる。そういう気分を周りに伝播《でんぱ》させることができるのは、澄御架だけが持っている、特殊な才能だった。

「そうだな。なにかあればぜひ協力しよう。おまえたちなら、きっとまた事態を解決に導けるはずだ。一年前と同じようにな」

「もちのろんです！　社、スミカたちならきっとできるできるできる！」

「耳元で大声を出すな……！」

暑苦しく連呼する澄御架を、俺は耳をふさぎながら遠ざけた。

＊

科学準備室を出てすぐ、翼と鉢合わせた。

「あ、神波《かんなみ》くん……。みんなどうしたの？　こんなところで」

「ああ……ちょっと鑑先生に用事があって」

「そうなんだ。そういえば、神波くんたちって先生と仲いいもんね」

「いや、どっちかというと霧宮が、だけどな」

「そりゃそーですゲスよ。スミカは全人類の友達ですから」

「あははっ、澄御架ちゃんが言うと説得力あるなぁ」

「あ、そーいえば翼ちゃん、この前の記録会で自己新出したんでしょ？　ハードルのタイム上がらないって、ずっと悩んでたもんね。うわー、スミカもその歴史的瞬間に立ち会いたかったよぉ～ん」

「あ、ありがとう……澄御架ちゃん」

自分のことのように喜ぶ澄御架に、翼は照れながら笑った。

澄御架は能天気なように見えて、実にマメなところがある。

クラスメイトの情報を、どんな教師よりも、下手をしたら親以上によく知っている。

人と仲良くなり、相手を知るということにかけて、澄御架の右に出る者はいない。

「でも、仕方ないよ。だって、熱を出して何日も寝込んでたんだもんね」

翼《つばさ》のなにげない言葉に、俺は急速に現実に引き戻された。

やはり、記憶が改竄されている。澄御架がいなかった時期のことについて、前に確認したときも翼は覚えていなかった。

「それに……この前、私が起こしたことも、澄御架ちゃんと社《やしろ》くんが向き合ってくれたから、解決できたんだよ。記録が出せたのは、そのおかげ。ふたりはわたしのヒーローだよ」

「そんな……次期米国大統領候補だなんて……」

「言ってないだろ一言も」

澄御架は翼の言葉を否定せず、にこやかに笑っている。

俺はくだらないツッコミをしつつも、内心やりきれなさを感じていた。

確かに、実害はない。記憶や記録が改竄されているとしても、この現象で収まっている限りは、それ以上の問題は起きていないのだから。

けれど、言い知れない不快感がある。

ただの不安とも違う。この気持ちはなんなのだろうか。

なんとなく——澄御架がいなかった時期のことを忘れることが、澄御架の一部を否定しているような、そんな気がしてしまったのかもしれない。

翼と別れてからも、俺はそんな暗鬱な気持ちを引きずったまま一日の授業を終えた。

ホームルーム後、クラスメイトたちが教室から出ていくなか、席に残ってため息をついていると、誰かに頭を小突かれた。

「そこの暗い少年、お姉さんが悩み聞こうか？」

澄御架が俺の顔を覗《のぞ》き込む。

「どーせ、解決方法がわからなくて悶々《もんもん》としてるんでしょ、社は」

澄御架は相変わらず、人の内心を的確に当ててくる。

「……悪いかよ。でも、おまえが言ってただろ。今は特に被害がないこの青春虚構具現症らしき異変も、なにかの拍子で事態が急変する可能性はある」

「そーだね。でも、焦《あせ》っても仕方がない」

「じゃあどうすりゃいいんだよ」

「そうだねぃ……」

澄御架は顎に指を当てて唸《うな》ると、ピコン！　と口で閃《ひらめ》きの擬音を発した。

「悩みすぎは身体《からだ》に毒。いまの社に必要なのは、精神のリフレッシュ、魂の浄化、心のデトックスですよ」

「はぁ？」

「つ・ま・り。気分転換に、わたしとデートしよ」

澄御架はふふんと得意げに笑った。

霧宮澄御架　その9

土曜日、俺は澄御架と駅で待ち合わせをしていた。

天気は快晴で、見渡す限りの青空が広がっている。

五月上旬の気温は、外出するにはうってつけの快適さだった。

一足先に到着していた俺の前に、澄御架は待ち合わせの時間ぴったりに現れた。

「そこの少年！　ひょっとして、どこかで会ったことある？　奇遇だし、お姉さんと一緒に遊びにいかない？　大丈夫、変なとこ連れていったりしないからさ♪」

「おまえはどこのナンパ師だよ。第一声から奇抜な挨拶はやめろ」

「ぶー。まったく社は相変わらずノリ悪いなぁ」

普段とは違う装《よそお》いの澄御架が、子供っぽく頰を膨らませた。

肩出しのブラウスに、腰の細さが際立《きわだ》つハイウエストのプリーツスカート。

ひさしぶりに私服の澄御架を見たな、と不思議なつかしさを覚えていた。

周囲を通り過ぎる老若男女《ろうにゃくなんにょ》から視線が注がれる。

それほど、澄御架のルックスのレベルは群を抜いている。だがきっと、単純な容姿だけではないのだろう。澄御架には、万人を惹《ひ》きつけるオーラのようなものがあった。

「えへへ～♪」

「？　なんだよ」

「ひさしぶりだね、社とふたりで出かけるの」

「……そうだな」

確かに一年のときは、よくこうして澄御架とふたりで外出することが多かった。

もっとも、それはただ遊びに行く用事ではなく、何かを追跡したり、どこかに潜入したり、迷子の猫を探したり、何かを持って誰かから逃げのびることだったり、非日常的な状況がほとんどだったような気もする。

「さ、行こ社！　青春は待ってはくれないのだ！」

澄御架は青空に似合うまばゆい笑顔で、颯爽《さっそう》と俺の腕を引いて歩き出した。

＊

市内のボウリング場。澄御架はレーンの前に立ち、静かに狙いを定めている。

緩やかに助走を付け、一投。

わずかにカーブを描いたボールは、並んだ十本のピンを見事中心から射貫《いぬ》いた。

「やりぃ！　これで五連続ストライクだねっ」

「少しは手加減しろよ……」

今さらだが、澄御架はスポーツ万能だ。何をやらせても、凡庸な俺は手も足も出ない。

だが澄御架の中には遠慮とか相手に花を持たせるとか、そういう発想はないようで、俺はさっそく一ラウンド目から大差をつけられていた。

続く俺は五本倒してからのガーター。まったくもって冴《さ》えない。

「なぁ、コツとかあれば教えてくれ」

「コツかぁ……うむむ……次、この一球でストライクを出さないと世界が滅ぶっていう緊張感をもって、毎回投げることかな。澄御架はそうしてるよ。きっと、プロボウラーの人たちもそれぐらいの思いでボウリングに向き合っていると思う」

「おまえに聞いた俺が馬鹿だったよ」

独特すぎる澄御架のメンタリズムはまったく参考にならなかった。

脱力してベンチに腰をかけ、ジュースを口にする。

目の前では、澄御架が次の一投に備えていた。

澄御架が投げる度、丈の短いプリーツスカートがひらひらと揺れる。

そこから伸びる生足は、なんというか、非常に目のやり場に困った。

「よっしゃ！　見た見た社⁉　今のストライクは芸術的じゃない？」

「見てない」

「な、なんでさ！　いくら負けてるからって、現実を直視しなきゃダメだぞ！」

「いや、そういうことじゃなくてだな……」

澄御架はショックを受けたようにこちらに詰め寄ってくる。

俺は澄御架を押し返しながら、渋々指摘した。

「一応、言っておくけどな……スカートなんだから気をつけろよ」

「？　なにが」

「いやだから……」

はっきり言うのをためらっていると、澄御架《すみか》はぽん、と漫画のキャラのように掌《てのひら》を握った拳で叩《たた》いた。

「ああ、そういうこと？　それならだいじょーぶ」

すると、澄御架はおもむろにスカートの裾に手を伸ばした。

それを無造作に摑《つか》むと、するするとめくり始める。

「⁉　ばっ――」

ぎょっとして喉から変な声が出るが、澄御架は迷いなくスカートをたくし上げた。

「ほら、下に短パン穿《は》いてるから恥ずかしくないし！」

見えたのは、根本近くまであらわになった太ももと、ぴったりとした短パンだった。

だが、それはそれで、なんだか余計に見てはいけないもののようにも思えた。

「……はしたないから、やめなさい」

「はい、先生！」

澄御架は調子よく敬礼し、俺は顔の熱さを感じたままため息をつくのだった。

＊

「こ、こここれは……⁉」

澄御架の目がかつてないほど輝いている。

眼前のテーブルには、うずたかくそびえ立つチョコパフェが置かれている。

長いスプーンでその山をすくって口に運んだ澄御架は、恍惚《こうこつ》とした表情を浮かべた。

「パリパリのチョコチップに、ふわふわのチョコホイップ……甘さ控えめのチョコアイスに、香ばしいチョコビスケット……！　か、完璧すぎるぅ……」

そう言って、澄御架は一緒に頼んだホットチョコレートを口に含んだ。

その満面の笑みが、それこそチョコのようにとろける。

「おまえが別人じゃなくてほっとしたよ」

見ての通り、澄御架の好物はチョコだ。それがないと生きていけないのではないか、というくらい、いつも懐《ふところ》に忍ばせている。

ここは澄御架の熱烈な希望で訪れたチョコスイーツがオススメの店だ。確かに甘さとほろ苦さのバランスがちょうどよく、美味《うま》い。

見ると、澄御架はあっという間にパフェをたいらげていた。

チョコケーキをのんびりと食べている俺を、澄御架がじっと見つめている。

「……？　なんだよ」

「社、動かないで」

「はぁ？」

澄御架がずいっと身を乗り出す。その目は真剣だった。

何事かと身体を強張《こわば》らせると、澄御架が顔をためらいもなく近づけてきた。

ちろっ。

澄御架は淡々と腰を下ろすと、じっと目を閉じて、自分の唇を舐《な》めた。

俺は仰《の》け反《ぞ》って椅子から転げ落ちそうになった。

「〜〜〜〜！！？」

「…………………うまい」

「うまい、じゃねーよ！　ば、バカかおまえ……！」

「だ、だって我慢できなかったんだもん……」

俺は口元に残った感触と、ばくばくと速まる脈を感じながら、澄御架と一緒にいるとはこういうことだよな、とだんだんと思い出してくる。

すると澄御架は一転して真面目な顔になり、

「大丈夫。社《やしろ》以外にはこういうこと絶対しないから。急に知らない女子高生の顔を舐めて逮捕されるようなことはしないって、スミカのおじいちゃんの名に懸けて誓う」

「おまえの祖父は何者だよ。っていうか、なんで俺だけＯＫにされてんだよ……」

俺は再び深いため息をついた。

霧宮《きりみや》澄御架　その10

食後の散歩に、俺たちは近くの公園をぶらついた。

広々とした芝生では、遊んでいる大勢の子供たちや親御さんの姿が見えた。

「ん〜きもちい〜〜」

澄御架が大きく伸びをして、息を吸い込んだ。

たしかに空気が澄んでいて気持ちがいい。

だが、俺はいまいちのんびりするような気分にはなりきれないでいた。

「こんなことしてていいのかね」

「なんで？」

「なんでって……一向に解決してないだろ。学校の問題が」

なぜ澄御架の不在を誰も覚えていないのか。なぜすべての記録が改竄《かいざん》されているのか。

この青春虚構具現症の発症者は、誰なのか。その願望は一体何なのか。

まだなにひとつ、俺たちは摑めていなかった。

「なんとかなる。なんとかする。いつだってそうしてきたでしょ？」

澄御架は得意げに笑うと、ふと立ち止まった。

「どうした？」

「あの子……ひとりでどうしたんだろ？」

澄御架の視線の先には、小学生低学年くらいの男の子が、サッカーボールを手にしたまま俯《うつむ》いていた。

その近くでは、同い年くらいの男の子たちがボールを蹴って遊んでいる。

「さぁ……。でもまあ、なんか寂しそうにしてるな。仲間外れにでもされたのかね」

「社、これ持ってて。ちょっと行ってくる！」

「お、おい」

澄御架はバッグを俺に押し付けると、男の子のもとへ走っていった。

「やあやあ。きみ、ちょっとそのサッカーボール、お姉さんに貸してくれないかな？」

澄御架は男の子の前でしゃがみこんで視線を合わせると、笑顔でそう問いかけた。

男の子は最初びっくりして戸惑っていたが、澄御架の笑顔に気を許したのか、おずおずとボールを差し出した。

「ほっ、よっと」

澄御架はつま先でボールを空中に上げると、それを肩に乗せた。

そこから反動をつけて再度浮かすと、今度は背中越しにヒールでボールの中心を正確に叩き、ふたたび自分の前へとボールを落とす。そのままふともともと足の甲を使って、軽やかにリフティングを続ける。

まるで、ボールが身体《からだ》に磁石で張り付いているかのようだった。

「すごー……」

男の子は呆然《ぼうぜん》と澄御架のプレーに目を奪われている。

澄御架はボールを額に乗せると、そのまま器用にバランスを取りながら歩いて見せた。

そのまま男の子に対し、澄御架は嬉《うれ》しそうにウインクを向ける。

いつの間にか、公園にいた子供たちの視線が澄御架に集まっていた。

澄御架は気後れすることなく、プロ顔負けのボールさばきを続ける。

最後に澄御架が高々とボールを蹴り上げてそれをすとんと足の甲でトラップしてみせると、周囲から拍手が沸き起こった。

「えへへ～、どうもどうも～」

澄御架の特技は色々とあるが、サッカーはその代表的なひとつだ。

「よーし！　じゃあきみたちとお姉さんで勝負しよう！　澄御架からボールを奪えたら、

みんなにジュース奢《おご》ってあげる」

澄御架の提案に、男の子たちが一斉に盛り上がる。

「さあ、みんなでかかってきたまえ！」

澄御架は率先してボールを蹴りだすと、男の子たちが我先にとボールを奪おうと駆け寄る。そこには、先ほどの男の子も自然と交ざっていた。ほかの子供たちと一緒になって、夢中で澄御架に挑んでいく。

「まったく、あいつは……」

澄御架は本当に、なにも変わっていない。

あの男の子を見かねて無意識のうちに身体が動いたのだろう。

誰かを助けるということを、息を吸うように自然体でやってのける。

それが霧宮澄御架という少女だった。

数十分後、ベンチで缶コーヒーを飲みながら待っていた俺のところに、土と芝で汚れた澄御架が帰ってきた。

「あー楽しかった！」

「相変わらずだな。そういえばおまえ、サッカーってどこで習ったんだ？」

「アラスカでお父さんに」

「またアラ父か」

それは、こいつが何か特殊な技能を発揮する度に出てくる言葉だった。

どこで外国語を勉強したのか。どこで格闘技を習ったのか。どこでジェットスキーの操縦をマスターしたのか。答えはすべて同じだ。

ちなみに以前、澄御架が自分の父親の職業を、世界を股にかけて活躍する探偵であると言っていたことがある。もちろん、真偽のほどは定《さだ》かではない。ただ澄御架が海外で違法な心臓の手術をした話も考慮すると、あながちデタラメではないのかもしれなかった。

「でも……ごめんね。せっかくの社とのデートなのに、服汚れちゃった……」

澄御架は恥ずかしそうに頭をかく。確かに、おしゃれな服装が台無しだ。

俺はとりあえず持っていたハンカチを差し出した。

「ま、しゃーないだろ。ヒーローは大変だからな」

＊

澄御架が服を汚したこともあり、俺たちはそのまま帰路についた。

家の最寄り駅へと戻ってきたときには、あたりはすっかり暗くなっていた。

「ねえねぇ、社。ちょっと学校寄ってかない？」

ふと、澄御架《すみか》がそんなことを言い出した。

俺はスマホを取り出して時計を見て、眉をひそめる。

「いや、もうこの時間は閉まってるだろ」

「じゃあ忍び込もう」

「はぁ？　いや、おまえな……」

「だいじょーぶ。バレないようにするから」

澄御架はすでにその気満々だった。こうなると、こいつを止める術《すべ》はない。

俺たちは学校の閉じられた正門からぐるりと迂回《うかい》し、植込みの奥にあるフェンスをよじ登った。高二にもなってこんなやんちゃな小学生のようなことをする羽目になるとは、入学前は想像もしなかった。

「あ、そっち通ると警報装置鳴るから気をつけて。こっちセンサー切れ目あるから」

「学校で盗難事件が起きたら、俺はおまえを密告することにするよ」

澄御架は迷いなく夜の学校の敷地《しきち》内を進む。

すると、校舎に沿って植えられた桜並木が見えてきた。

澄御架が感嘆の声を上げる。

「わぁ、すごーい！　まだちょっと桜残ってる！　もう五月入ったのに」

「ああ、今年は異常らしい。去年の今頃はとっくに散ってたからな」

澄御架の言う通り、何本かだけ白い桜の花が残っていた。

足元には大量に散った花びらが白い絨毯《じゅうたん》のように敷かれている。その上を、はしゃいだ澄御架が踊るように歩き、その姿を月明かりが照らした。

「ねぇ、社。そういえば前もこうやって、夜の学校を歩いたことあったね」

「あー……？　ああ、文化祭の前日に遅くまで残ってたときか？」

「そうそう！　お化け屋敷《やしき》の準備、めっちゃ大変だったもんねぇ」

「ほんとに大変だったのは、次の日だけどな。おまえはなぜか二組のメイド喫茶手伝ってるし、王園《おうぞの》には絡《から》まれるし」

「ははっ、まさか当日まで青春虚構具現症で事件が起きるなんて思わなかったもんねぇ」

「思い出したくもない……」

脳裏に、一年のときの記憶が走馬灯のように映し出される。

こうして今、あの一年四組という崩壊の危機を迎えたクラスの人間たちが無事に進級できていることが、奇跡のように感じられた。

「なんだか、変な感じだな」

「変って、なにが？」

「いや……おまえと最後に会ったときも、桜が咲き始めた頃だったなって思い出して」

あれは、一年四組の最後の日。

鳥のさえずり。晴れた日の朝の匂い。誰もいない教室。やわらかな日差し。きらきらと光に浮かび上がった埃《ほこり》。

中央付近の机が、舞い込んだ大量の白い花びらに飾られていた。

まるで白い花畑の上で澄御架は眠っているようだった。

それが永遠の眠りになると、どうして信じることができただろうか。

もっとも、それも澄御架に一杯食わされたわけだから、今は馬鹿馬鹿しく思える。

澄御架は一本の桜の木の横で立ち止まった。太い幹にそっと手を添える。

「はい、ここで問題です！　白い桜の花言葉は、いったいなんでしょうか？」

「いきなりなんだよ……。花言葉？　そんなの全然知らないけど……そうだな」

「はい残念！　不正解です！」

「早すぎるだろ……！　少しは考えさせろ」

「ん～でも考えても社《やしろ》は知らないだろうし、これもむしろ残酷な優しさかなって」

なら最初から出題するなというツッコミは、力のないため息に替わった。

澄御架は満を持して答えを口にする。

「正解は～～～ドコドコドコドコドコ……デン！　『あなたに微笑《ほほえ》む』だよ」

「へぇ」

「へぇ……って、リアクションそれだけ？」

「他になにがあるんだよ」

「そりゃー、ここで桜を使って即興で一句詠《うた》うとか」

「おまえは俺に何を期待してるんだよ」

荷が重いし、そもそもそんな情緒は持ち合わせていない。

ふと、夜風に舞い散る白い花びらが、澄御架の肩にこぼれ落ちた。

霧のように白い桜の木を見上げる澄御架の姿に、ふいに目を奪われる。

まるで時が止まったような静けさの中、澄御架が俺に語りかける。

「ねぇ、社。社は、きっと大丈夫だよ」

そのとき、澄御架は不思議なことを口にした。

俺は言葉の意味を理解できず、聞き返す。

「なにが、大丈夫だって？」

「社なら、これから何が起きても、乗り越えていけるから。あのとき言ったよね。スミカにできないことが、社にはできるって」

「急に……なに言い出すんだよ」

そういえば、いつだったか、澄御架にそんなことを言われたような気もする。

「そりゃまあ、そういうこともあるだろ。俺とおまえはちがうんだから」

「ふふっ、そのとーり」

澄御架は謎めいた表情で笑った。それこそ花言葉をあしらえたように。

いつだって、こいつはそんな風にして、俺にはわからない未来を見通している。

一般人の俺がそれを理解するのは、いつだって二歩も三歩も遅れてのことだった。

きっと今度もそうなのだろう。

それでも構わない。手は届かなくても。前を歩いてやることはできなくても。

俺はきっと、英雄のそばを離れないだろう。

霧宮《きりみや》澄御架　その11

澄御架の帰還から、さらに二週間の時間が過ぎた。

結局、あれから俺たちの他に、澄御架がいなかった時期のことを覚えている生徒に出会うことはなかった。

だが、逆に言えばそれ以上の異変は起きていない。

事情を知らない者から見れば、むしろ平穏そのものの学校生活がそこにあった。

「澄御架ちゃん、この問題がどうしてもわからなくて……」

「霧宮、頼む！　今日昼休みに二組の連中とフットボールやるんだけど、助っ人《すけと》に入ってくれね？　おまえがいたら絶対勝てるからさ」

「霧宮さん、我がクイズ研究部に興味はないですか？　ぜひうちのエースに！」

「はいはいはい～！　全部お任せあれってね」

澄御架は相変わらず人気者だ。

冗談のように多忙であるのは間違いないはずだが、澄御架の顔にはなぜかいつも余裕がある。きっと忙しさよりも楽しさの方に意識が自然と行くのだろう。凡人の俺はといえば、そんな澄御架を、ただのクラスメイトAとして、ぼうっと眺めていた。

何事もないのであれば、それでいい。この時間が、どれだけ貴重で、失ってはいけないものなのか、今の俺は嫌というほど理解しているのだから。

「神波《かんなみ》、ちょっといいか？」

頭上からかけられた声に顔を上げると、ひとりの男子が立っていた。

坊主《ぼうず》頭で野球部に所属している田辺《たなべ》だ。

「田辺、どうした？」

二年になってクラスが分かれたので、こうして教室で話すのは久しぶりだった。

「話があるんだ。ただ……ここだと話しにくいから、屋上いこうぜ」

「？　ああ、まあいいけど」

田辺は、妙に人目を気にしているような態度だった。教室を出るとき、クラスメイトたちに囲まれている澄御架のことをちらりと一瞥《いちべつ》したように見えた。

＊

田辺に付いて歩き、屋上に出る。

他に生徒がいないことを確認すると、田辺は小さく安堵《あんど》のため息をついた。

「なんだよ、話って」

よく見ると、田辺の顔色は悪かった。額にはうっすらと汗が浮かんでいる。

「神波、おまえさ……前から霧宮と仲いいだろ」

「べつに……なにかあるわけじゃないぞ」

「そういう話をしてんじゃない。とにかくおまえから見て、霧宮って、今まで通りか？」

「今まで通り？　どういう意味だよ」

俺が困惑を露《あら》わにすると、田辺は気分が悪そうに顔をしかめながら続けた。

「その……霧宮とは、去年同じクラスだっただろ。二年になって俺は分かれたけど」

「……ちなみに、一応聞くけど、霧宮がしばらくいなかったことは……」

「いなかった？　なんの話だよ」

俺は内心嘆息した。やはり田辺も、澄御架が帰ってきたという認識はないようだ。

「それより、どうなんだ？　最近の霧宮は。同じクラスだろ」

「まあ……変わってはいないよ。おまえもさっき見ただろ。あいつはいつも通り、クラスの中心にいるよ」

俺が淡々と言うと、田辺は唇をかみしめた。

いよいよ、何があったのか気になってしまった。

「なにか、あったのか？」

「……昨日、廊下ですれちがって、ひさしぶりに霧宮と話したんだよ。部活のこととか、話題はべつにたいしたもんじゃない」

「ああ。それで？」

「あいつさ……俺の名前を憶《おぼ》えてなかったんだよ」

一瞬、俺は田辺が何を言っているのかわからなかった。

「名前って……おまえの口に出すのがちょっとだけ恥ずかしい下の名前のことか？　獅子《しし》って書いて、れおって読む」

「そうだよ。恥ずかしくて悪かったな」

「あいつが憶えてないって……そんなわけないだろ。おまえのことも、いつも名前で読んでただろ」

基本的に澄御架《すみか》は同級生のことを、男女問わず下の名前で呼ぶ。

「あいつ、ときどき意味のわからんボケするからな。それだけだろ」

「ちがう！　あれはそんなんじゃない……！　ほんとに、あいつ、わからないみたいで……。俺が名前を言っても、『え、だってシシくんはシシくんでしょ』って……」

田辺の顔はすっかり青ざめていた。

だが、俺はいまだに理解できない。というより、それはありえない。

並外れた記憶力を持つ澄御架が、そう簡単に人の名前を忘れることなどありえない。

まして、去年一年間、苦楽を共にしたクラスメイトの名前を。

「マジ、なのか」

「ああ……なんか気持ち悪くなっちまって、でも、誰に話せばいいかわかんなくて……」

そこまで言うと、田辺はいくらか落ち着いたらしく、弱々しい笑みを作った。

「いや、悪かったな、急にこんな変な話して。おまえの言う通り、あいつにからかわれただけかもな。俺がちょっと大げさになってるだけだよな、きっと」

「そう……かもな」

「つーわけで、話はそれだけだ。……じゃ、もう行くわ」

田辺はそう言うと白い歯を見せて、屋上から校舎へと戻っていった。

残された俺は、しばらくの間、田辺が言ったことの意味について考え続けていた。

＊

教室に戻ると、澄御架が俺の椅子に座っていた。

「あ、社おかえり～。社の椅子、温めておりましたに候」

「おまえはどこの戦国武将だよ」

どいてくれと手で促す。澄御架は隣の席の女子と、スマホで動画を見ていた。画面には、愛くるしい子猫の映像が流れている。

「なに見てんだ？」

「【三毛猫まるすけ日記】！　いま大人気の動物チャンネル」

「へえ……再生数エグいな。これは広告費、相当稼いでるだろうな」

「社《やしろ》……そういう感想しか出てこないと、女の子にも動物にもモテないよ？」

「はいはい、悪かったな」

俺は愛らしい三毛猫からは早々に興味を失《な》くしたが、べつのことを思い出した。

「そういえば前、俺とおまえで猫を見つけたことあったな」

「あああったねぇー。いやーあのときは大変だったよね。まさか、探してる途中で社の方が迷子になっちゃうなんて参っちゃったもん」

「おまえが途中でチョコで有名な洋菓子店を見つけて失踪したからだろ……」

俺の名誉のために一応ツッコんでおくが、澄御架の行動に付き合う上で、過去の理不尽さを追及していたらキリがないのはわかっていた。

「やーほんと、見つかってよかったよね。あの黒猫ちゃん、元気にしてるかなぁ」

「黒猫……？　いや探したのは、そういう見た目の三毛猫だろ」

「もぉ～、社ってば変なこと言って。動物ちゃんに薄情な男の子は嫌われるよー？　スミカたちが見つけたのは、真っ黒くろの猫ちゃんでしょ」

その瞬間、時間が凍り付いたようだった。

澄御架は首をかしげて不思議そうにしている。

「どうしたの、社？」

「いや……。まあ、そうだったかもな……」

俺が誤魔化しながら頷《うなず》くと、澄御架は女子との猫トークを再開した。

一方で、俺は自分の心臓の音がどんどん速くなるのを感じていた。

ちがう。

俺の記憶がおかしくなっていなければ、間違いなくあれは三毛猫だ。

なぜ、澄御架は間違えたのだろうか。

ひどい胸騒ぎを感じながら、俺はその正体がなんなのか、理解できなかった。

霧宮澄御架　その12

二年四組の教室では、いつものように澄御架がクラスメイトたちに囲まれていた。

登校した俺はそれを一瞥して、自分の席についた。

「おはよう、九十九里《つくもり》」

「社さん。おはようございます」

閑莉《しずり》は手元で教科書とノートを開きながら、淡々と返事をする。

俺は楽しそうに女子たちと雑談する澄御架と閑莉を見比べた。

「霧宮《きりみや》のとこ、行かなくていいのか？」

俺がそう言うと、閑莉はぴたりと手を止めた。不思議そうにこちらを見上げる。

「どういう意味ですか、社さん」

「いや……九十九里、せっかく霧宮が戻ってきたっていうのに、あんま話してるところ見てないから。もっと話しかけりゃいいのに、って」

「構いません。今は他の方と談笑している最中のようですし。隣が空くのを待ちます」

「べつに順番制とかじゃないと思うが……」

「それよりも、今起きている問題を解決することが優先です。スミカが指摘した通り、これから、今以上の異変が起きないとは限りません」

「……九十九里、ちょっといいか？」

俺は澄御架の方を一瞥してから、閑莉を教室の外へと連れ出した。

人目のつかない廊下の奥で、昨日田辺から聞いた話について、かいつまんで説明した。

閑莉はいつも通り、冷静に俺の話を聞いていた。

「そうですか。田辺さんという方が、そんなことを……」

「霧宮本人には、少し話しづらいことだ。一旦、あいつには伏せておいてほしい」

「わかりました。……ですがこれは、危険な兆候かもしれません。青春虚構具現症の力が拡大し、今までその影響の外にいた私たち三人にも、その力がなにかしら及んできた、ということも考えられます」

「そう、だな……」

「せっかく、澄御架が戻ってきてくれたんです。事態が取り返しの付かなくなる前に……問題はすべて、解決しなければなりません」

閑莉は出会ったときと同じく、強い意志を秘めた眼差《まなざ》しを俺に向けた。

＊

その日の体育の授業で、俺はまた隣のクラスと合同で野球をやっていた。

試合の前にキャッチボールがあったため、俺は前に組んだ野球部の田辺《たなべ》の姿を捜した。

だが、どこにも見当たらない。

仕方なく、向こうのクラスの生徒に俺は話しかけた。

「あのさ、今日って田辺って休み？」

「田辺……？　え、誰？」

「？　いや、野球部の田辺だよ。知らない……か。いや、なんでもない」

そろそろクラスメイトの顔と名前を覚えそうな時期だが、意外と薄情なやつもいるものだと思いつつ、俺は体育の教師に聞くことにした。

「すみません、野球部の田辺って、今日休みですか？」

「うん？　誰だって？」

「だから……田辺ですよ。田辺獅子《れお》。変わった下の名前のやつ」

フルネームで答える。だがなぜか体育教師は、怪訝《けげん》そうに俺を見返した。

「クラスを間違えてないか？　田辺という生徒は、少なくともこの三組と四組にはいないぞ。誰のことを言ってるんだ」

「え……？」

途端、足元がぐらついたような気がした。

なにを言われたのか、すぐには理解できなかった。

田辺が、三組にいない？　そんなことあるはずがない。この前、一緒にキャッチボールしたのは間違いなくあいつだ。

だが呆然《ぼうぜん》としている俺に、体育教師も本気で困った様子を見せている。からかわれているわけではない。

俺はほとんど上の空のまま、体育の授業を終えた。その後、すぐに他のクラスに行ってみるが、確かにどのクラスにも田辺の姿は見つからなかった。

「どうしたの、神波《かんなみ》くん。だれか捜してるの？」

「あ、早乙女《さおとめ》さん……」

翼《つばさ》が慌ただしく廊下を走る俺に気づいて声をかけてきた。ちょうどいい。

「悪い、ひとつ聞きたいんだけど、田辺って今どこのクラスだっけ？　ちょっとあいつに用事があってさ」

「田辺……くん？」

「ああ」

翼の反応が、どこかおかしかった。

ただ単純に俺の質問の答えがわからない、という雰囲気ではない。

それは、あの体育教師とまったく同じ、困惑した表情だった。

「神波くん……田辺くんって、誰のこと？」

「え……だから……一年四組だった、田辺だよ。野球部で、下の名前が獅子っていう特徴的な……忘れたのか？」

「えっと……ご、ごめん、なに言ってるかわからなくて……。そんな子、いなかったと思うけど……」

翼は心底申し訳なさそうに、かつ俺を心配するように怪訝な表情を浮かべていた。

俺は愕然《がくぜん》と、その場に立ち尽くした。

いったい、何が起こっているのだろうか。

＊

「仕事中に邪魔してしまって……すみません」

「気にするな。暗い男子生徒が横にひとりいるくらいで、作業に支障はない」

俺は授業をサボって、科学準備室にいた。

知崎《ちさき》が近くで淡々と次の授業の準備をしている。

「それにしても、随分とひどい顔をしているな。神波」

知崎がタブレットPCで作業を続けながら言った。

俺は答えに窮し、黙り込んでしまう。

あの後、俺は念のため、二年の全部のクラスの出席簿を確認した。

だが、そのどこにも田辺の名前はなかった。

家に帰って、一年のときのあらゆる資料を漁《あさ》ったが、澄御架《すみか》のときと今度は逆に、そのすべてから田辺の名前や痕跡が消失していた。

間違いなく、青春虚構具現症による現象だ。

だがいまだにその発症者が誰なのか、何が原因なのか、皆目見当がつかなかった。

ひょっとしたら、俺自身がその発症者なのではないか、とすら疑った。だが仮にそうだとしても、俺にその自覚がないことも含めて青春虚構具現症の力が働いているのだとしたら、気づきようもない。考えても詮無いことだった。

「この前の話の続きか？　たしか、本来、霧宮は一度死んだことになっていた、と」

「それだけじゃないんです。他にも、おかしなことが色々と……。だから、ちょっと混乱してしまっていて……」

「ふむ……。私が一番気になっているのは、おまえがひとりでここに来たことだが」

「え？」

「普段なら、おまえはいつも霧宮と行動を共にしていた。抜群のストライカーである霧宮と、普段はあまり冴《さ》えないが、ときおり鋭いアシストをする神波は、良《い》いコンビだと思っていたからな」

「……先生が、サッカーで例えるなんて珍しいですね」

「おかしいか？　今年はワールドカップもあるからな。私が言いたいのは、おまえがその悩みを、なぜ真っ先に霧宮に相談しないのか、という点だ」

知崎の指摘は鋭かった。相変わらずその視線は手元のＰＣに向けられたままだ。

「情けない話ですけど、たぶん……怖いんです」

「怖い？」

「青春虚構具現症の力だとしても、変わってしまっているあいつを見るのが。今までだって、一度もそんなことはなかったのに」

寄る辺がなくなっていくような不安が押し寄せていた。

「なるほど……どうも、これまでとは勝手がちがうようだな。であれば、あの転校生を頼ることはできるだろう。あれはあれで、頭が切れるようだからな」

「はい。九十九里には、後で相談します」

「そうするといい。それと……これは、あくまでただの一般論だが」

知崎は突然、そう前置きした。

「大衆は、小さな嘘《うそ》よりも、大きな嘘に騙《だま》されやすい」

「大きな嘘……ですか？」

「とある独裁者の言葉だがな。元の思想や意味はさておき、人間は目の前にある細部の嘘よりも、全体そのものに仕掛けられた嘘の方が、得てして気づきにくいものだ。木を見て森を見ず、鹿を追う者は森を見ず……。一旦立ち止まって、根本的な疑問に立ち返って考えてみるのもよいだろう。私から言えるとしたらその程度のことだ」

知崎の言葉は、ゆっくりと、俺の身体《からだ》と頭に浸透していった。

それと同時に、点在したいくつかの疑問が、うっすらと線で結びつき始める。

田辺の件。猫の色の件。あのとき俺が感じた、本当の違和感。

澄御架がおかしくなっているのは、本当に青春虚構具現症の影響を受けたからなのか？

本当にそれだけなのか？

いま知崎が口にした言葉が、電流のように全身を駆け巡る。

――大きな嘘。

もう一度、よく考えろ。

問題は、なにがおかしいか、ではない。

おかしかったのは、どこから、どこまでだ？

「そう――か」

俺の思考は、あるひとつのとてつもない仮説に行き着いた。

その途端、手が震え出す。

本当に、ありうるのだろうか。そんなことが。

不可思議と未知の塊である青春虚構具現症とはいえ、そうだと断定するには大変な覚悟が要る。それに今のままでは、ただの憶測にすぎない。

なにより、動機が不明だ。

あいつに、そこまでを願う理由がない。

それを突き止めるには、俺の力では及ばない。どうすれば、それを白日の下にさらすことができるだろうか。

だがその手段を、俺はひとつだけ持っていることに気づいた。

その方法を選ぶのは、代償を伴う。だが、背に腹は替えられない。

俺は自分でも意識しないうちに立ち上がっていた。

科学準備室を飛び出そうとしてから、知崎に礼を言っていなかったことを思い出す。

「ありがとうございます、先生」

「少しはいい顔になったようだな。結果が判明したら、また報告にくるといい」

知崎の声には、ほんのすこしユーモラスな響きが含まれていた。

霧宮《きりみや》澄御架　その13

放課後、学校の屋上で俺は人を待っていた。

グラウンドで活動する運動部の姿や、校門から帰っていく生徒たちの姿を見下ろしながら、深いため息をつく。

すでに今の時点から気が重い。正直、こんな選択肢は絶対にとりたくなかった。

けれど、手段を選んでいる余裕はない。

俺が行き着いた、あるひとつの仮説。

その根拠となる真実を確かめるには、俺の力だけでは足りない。

今まで、どれほど澄御架のことを当てにしていたか、今更ながらに思い知る。

他に大きな力を借りられる相手は、今の俺には、あいつしか思い浮かばなかったのだ。

「私を呼びつけるなんて、随分偉くなったわねぇ」

俺は入口のほうを振り返る。

王園令蘭《おうぞのれいら》が、夕暮れの屋上へと姿を現していた。

俺は今、苦虫を噛《か》み潰したような顔をしていることだろう。

それがわかったのか、令蘭の口元には嗜虐《しぎゃく》的な笑みが浮かんでいた。

「いよいよ本当に私に愛の告白をする気になったの？　一生私に従うっていうのなら、考えてあげなくもないけど」

「おまえに、頼み事があるんだ」

俺は令蘭の戯言《たわごと》を無視し、端的に切り出した。

だがそれが令蘭には気に入らなかったらしい。

「誰に向かってものを言ってるの？　こうして足を運んでやっただけ光栄に思いなさい」

「……ありがとう。感謝してる。これでいいか？」

俺は感情を押し殺して礼を言った。

ふん、と令蘭がつまらなそうに鼻を鳴らす。

「で、霧宮澄御架の犬が、この私になんの用かしら？　まさかどこかであの女が隠れていて、私を貶《おとし》める気じゃないでしょうね？」

令蘭はそう言って、周囲を見渡した。

この反応——令蘭も他の生徒と同様に、澄御架が一度死んだことになっていたことを覚えてはいない。

それでも、使える道は残されていると信じたかった。

「俺のクラスの、ある生徒のことを、調べてほしい。王園の家の力を使って」

令蘭の表情から笑みが消える。

俺は構わず、依頼の詳細を令蘭に説明した。

最初から最後まで、令蘭は無言で俺の話を聞いていた。

「——内容は、それだけだ。ただ、これは法に触れる可能性がある。常識的に考えたら無理な内容かもしれない。けど、おまえのコネと財力なら、調べられるんじゃないかって思った。だから、頼みたい。急いで調べないといけないことなんだ」

令蘭はじっと、俺を値踏みするように観察した。

「なるほど、あんたにしては、わりと愉快な話ね。でも、なぜそれを、私が聞いてあげる必要があるのかしら？」

「おまえは、霧宮に大きな借りがある。あいつに返す気がないんなら、代わりに、俺に返してほしいんだ」

俺の言葉に、令蘭は眉根を寄せた。

それだけが、俺に切れる唯一のカード。なんの特技も力もない一般人の俺が、今起こっている異常な事態に対抗するための、唯一の活路だった。

おそらく、これは令蘭の逆鱗《げきりん》に触れることだろう。

だが、そのプライドの高さが光明だった。ほんのわずかであっても、俺や澄御架に借りを作っている状況を、こいつは許せないはずだ。

令蘭は頬を歪《ゆが》ませた。美人だけに、怒りの表情の迫力は十分だ。

「足りないわ」

「……なんだって？」

「私が借りを返しても、十分おつりが来るべきと言っているの。それとも、今度はあんたが私に大きな借りをつくりたいのかしら？」

「おまえ……」

俺は歯噛《はが》みして令蘭を睨《にら》んだ。

どこまで、人の弱みに付けこもうとするのか。これが普段、周囲には人格者として通るほどの猫を被《かぶ》っているのだから、馬鹿馬鹿しくなる。

最悪の相手に借りをつくるなど考えられない。だが、他に方法も思いつかない。

今できることを、するしかない。俺は令蘭に向かって深く頭を下げた。

「それでもいい。頼む、おまえの力を貸してくれ」

俺のプライド程度で突破口が開けるのであれば、安いものだ。

しばらく黙り込んでいた令蘭が、ようやく口を開いた。

「わかった。ひとつ条件があるわ」

「なんだよ？」

「私の手に、口づけしなさい」

俺は今、よほど間抜けな顔をしていることだろう。

口をあんぐりと開けたまま、思わず固まってしまった。

「……………………は？」

「聞こえなかったの？　ほら」

令蘭はさも当然といった態度で、手の甲を差し出す。

「お、おまえ……正気か？」

「ええ」

さも当然といった様子で令蘭は頷《うなず》いた。

まったく理解できない。いったい、何を考えているのか。

いくら周りに人はおらず、見られるような危険もないとはいえ、なぜ俺がそんなことをしなくてはならないのか。

「あの目障《めざわ》りな霧宮澄御架《すみか》が可愛《かわい》がっている犬が、私の前にひざまずいて、屈辱的な行為をする……ふふっ、考えただけで痛快だもの」

「おまえ、ふざけるのもいい加減に……」

「寛容な私は、これでチャラにしてあげると言っているのよ。それとも、そんなことをするのは神波《かんなみ》のプライドが許さない？」

令蘭は実に楽しそうに目を細め、口元を緩めている。

やはり、まともじゃない。今さらながらそのことを痛感しながらも、俺は、それをすぐに撥《は》ねのけることができなかった。頭を下げるのもこれも、さして変わりはしない。

今の俺に必要なのは、行動することだ。

「………わかった」

ゆっくりと令蘭に近づき、葛藤を押さえつけて、目の前でひざまずく。

令蘭がその細い手を俺の前に寄せる。

苦労など微塵《みじん》もしたことがないであろう、色白で綺麗《きれい》な指。それを手にとる。

――いや、ちょっと待て。

ふと我に返った俺は、ためらいを覚えた。

それは屈辱やプライドの話ではなく、単なる恥ずかしさだった。

冷静に考えると、女子の手に口をつけるというのは、相手が憎たらしい悪女であることとは関係なく、抵抗はある。むしろ、令蘭自身は抵抗がないのだろうか？

「どうしたの？　するなら……はやくして」

なぜか、命じている令蘭の頬が上気しているようにも見えた。

その反応はなんなのか。さらに混乱した俺が、プライドと恥ずかしさと目的遂行の間でがんじがらめになり、まさにフリーズしているときだった。

「社《やしろ》さん、ここにいたのですか」

屋上に、閑莉《しずり》が姿を現した。

俺は気が動転し、令蘭の前から弾《はじ》かれたように飛びのく。

古海《うるみ》が落ちてきたときは、閑莉は不純な行為をしていたと理不尽な疑いをかけてきたが、今度はあやうくそれが真実になってしまうところだった。

閑莉は俺の近くにいた令蘭を見る。

「あなたはこの前の……」

「そ、そういやちゃんと紹介してなかったな。こいつは、王園令蘭。俺の前のクラスメイト……なんだ」

「私は九十九里《つくもり》閑莉です。社さんと同じ、二年四組の生徒です」

その瞬間、令蘭がすっと目を細めた。

「そう……あなたが」

令蘭の呟《つぶや》きに、閑莉が首をかしげる。

「私はこれで失礼するわ。もう用も済んだから」

「お、おい」

「なにか？」

あまりに完璧すぎる笑みを向けられ、俺は言葉が出ない。

「それじゃあね、神波。九十九里さん。また今度、ゆっくりお話ししましょう」

令蘭はいつもの外面のよさを発揮し、その場から去っていった。

霧宮《きりみや》澄御架　その14

数日の間、俺は気の休まらない日々を送った。

澄御架にまつわるいくつかの異常な現象にさえ目を瞑《つぶ》れば、日常は淡々と続いていた。

新たな青春虚構具現症も起きていない。だが、現状の異常さを覚えている俺からすれば、これを日常だと認めることは、どうしてもできなかった。

今はとにかく、待つしかない。

休み時間、教室で呆《ほう》けたように窓の外を眺めているときだった。

「——神波くんはいる？」

その姿を見ずとも、教室の空気が一変したのがわかった。

入口のところに、王園令蘭が姿を現していた。

そこにいるだけで場が華やかになる容姿と雰囲気を持つ令蘭に、男子も女子も揃《そろ》って見とれていた。特に、去年クラスが違った生徒はなおさらだ。

閑莉を含めたクラスメイトたちからの視線が集まるなか、俺はすぐに席を立つと、令蘭《れいら》のもとへと向かった。色々と囁《ささや》く声が聞こえるが今は気にしていられない。

人目を避け、俺は令蘭と使われていない空き教室に入った。

そこで令蘭は、持っていたA4サイズの封筒を、おもむろに俺に差し出した。

すぐにはそれがなんなのかわからず、目を瞬《しばた》かせた。

「頼まれていた、例の調査結果よ」

俺は驚き、言葉を失った。

「おまえ……どうして」

にわかには信じられなかった。

まさか本当に、令蘭が依頼を請け負ってくれたとは。

なにせ、あのとき屋上での令蘭からのとんでもない要望は、結局果たしていないままだったからだ。

「言っておくけど、これは去年の貸し借りとは関係ないわ」

「なに？」

「私が気にくわなかったから調べたまでよ。誤解しないでちょうだい」

令蘭は淡々と答えた。

そう言うからには、そうなのだろう。

こいつがわざわざ俺に対して嘘《うそ》を言って取り繕う理由はなにもない。

だが俺にとっては僥倖《ぎょうこう》だった。まさか令蘭に助けられる日が来るとは、夢にも思わなかった。去年の俺に言ってもまず信じないことだろう。

「……恩に着る」

俺は礼を言って、封筒を受け取った。

中身を出すと、数枚の書類や、古い写真らしきもののコピーがあった。

そこに書かれていたのは、彼女の名前、出生地、家族構成。

各種書類の内容を目で追った俺は、愕然《がくぜん》とした。

「そう……だったのか」

令蘭の言葉の意味を、理解する。

まさかこんな事実が隠されていたとは。

だがそうであれば、この状況も納得できる。説明がつく。

「いったい、これはどういうことなの？　この情報で何を暴こうとしているのかしら」

「またちゃんと説明する。とにかく今は……これを使って、はっきりさせる必要がある。

それから、この間違った状況を、訂正する」

「はぁ……？」

令蘭は眉をひそめた。理解できないのも仕方がない。

きっと、これは俺の役目なのだ。今起きていることが異常だということを知っている俺に与えられた役割だ。だから、果たさなければならない。

「王園《おうぞの》」

「なによ」

「ありがとう」

俺が素直に礼を口にすると、めずらしく、令蘭はきょとんとした。

いつもは張り付けたような優等生の笑顔か、もしくは剣呑《けんのん》な素の表情ばかり見ているので、そういう顔をしていれば本当に非のうちどころのない美少女だった。

とにかく、俺がやることは決まっている。

あいつと話さなければならない。

＊

放課後、俺は二年四組の教室で、待ち合わせをした。

幸い、他のクラスメイトたちは部活やら帰宅のためもう残っていない。

しばらくすると、呼んだうちのひとりの女子生徒が姿を現した。

「どうしたの、社？　まだ帰らないの？　居残り？　宿題で困ってるならこのスミカお姉さんが手伝ってあげようじゃありませんか」

「べつにそういうんじゃない。もうひとり来るから、ちょい待ってくれ」

「ふーん？　なんかよくわかんないけど」

澄御架は相変わらず、不可解な状況に対しては慣れていた。

まもなくして、待っていたもうひとりが、遅れて教室に入ってきた。

「──社さん。私になにかご用ですか？」

九十九里閑莉が教室の入口に立つ。

これで、役者は揃った。

俺は覚悟を決めて、ふたりに向き合った。

「大事な話がある」

「なになに？　も、もしや学校前のコンビニで新作ガトーショコラが発売された……!?」

「世界をおまえの基準で考えるな。もっと、大事なことだ」

「それより大事なことなんて、いったい……」

澄御架はわなわなと手を震わせているが、残念ながらこいつの小ボケに付き合っていられるほど悠長な状況ではなかった。

自然と拳に力がこもる。

俺は目をつぶって覚悟を決めると、顔を上げて閑莉を見た。

「社さん、どうしたのですか？　怖い顔をして……」

俺はふたりに——正確には、閑莉に向かい合い、単刀直入に切り出した。

「今起きている青春虚構具現症——その発症者は、おまえだ。九十九里」

閑莉はその大きな瞳を見開き、呆然《ぼうぜん》とした表情で俺を見つめ返した。

九十九里閑莉　その3

二年四組の教室で、俺は呆然とする閑莉と向かい合った。

その傍《かたわ》らには、目を瞬かせている澄御架《すみか》の姿がある。

「この異常な現象は、すべて、おまえが青春虚構具現症を発症していることによって引き起こされているんだ」

「突然……何を仰《おっしゃ》っているのですか？」

閑莉は険しく眉をひそめた。

「確かに……今起きている事態は、青春虚構具現症でなければ説明がつかないものです。ですが、青春虚構具現症は、その生徒が持つ根源的な願いによって引き起こされる。この事態と私に、いったいどんな関係があるのでしょうか？」

「関係あるさ。おまえにこそな」

「何を言われているのか……まったくわかりません。澄御架。社《やしろ》さんは、いったいどうしてしまったのですか？」

閑莉《しずり》が助けを求めるように澄御架を見る。

だが黙り込んだ澄御架は、じっと俺を見つめ、俺の言葉を待っていた。

澄御架は、判断を俺に委ねている。そんな気がした。

「おかしかったのは、最初からだ。俺は霧宮と、あいつと初めて出会った橋の上で再会した。今思えば出来過ぎている。それだけじゃない。九十九里、おまえには説明したよな。霧宮が、去年一緒だったクラスメイトの名前を間違えたことを。けど、そんなことありえないんだよ」

「それは……ですから、澄御架が青春虚構具現症のなんらかの影響を受けて……」

「他にもある。ここにいる霧宮に、去年一緒に探した迷子猫の話をしたとき、こいつはそれを黒猫だと答えた。けど、実際に俺たちが探したのは、縞《しま》模様の三毛猫だったんだよ。過去一年間の天気を空で言えるような記憶力を持った霧宮が、なんでそんなことを間違えたんだ？」

閑莉は依然として、俺が何を言おうとしているのかわからない様子だった。

だが構わず続ける。

「確かに、青春虚構具現症の影響なのは間違いない。けど、どこからどこまでがそうなのか、やっとわかった。最初は信じられなかったけど、いまは確信している」

「何を……ですか？」

「今この世界は、元の正常な状態から作り変えられているんだ。――霧宮の存在を、強く願った者によって」

俺は、閑莉の隣に立つ澄御架に目を向けた。

透徹とした眼差《まなざ》しが、穏やかに俺を見つめている。

澄御架は、俺がこの教室に自分を呼び出した理由に気づいている。

こいつはいつだって、弱気な俺の背中を押してくれた。今でさえも。

だからこそ、俺は断定することができる。

俺が言わなければならない。

「ここにいる霧宮《きりみや》澄御架は、おまえが作り出した《偽物《にせもの》》だ。いや……霧宮が生きているこの世界そのものが、おまえの青春虚構具現症によって造られた《偽物の世界》なんだ」

閑莉は俺の言葉を、驚愕《きょうがく》の表情で受け止めた。

「ここにいる霧宮澄御架は、紛《まが》いものだ」

俺自身でさえも、それを信じることは決して容易《たやす》いことではなかった。

下手をすれば正気を失いかねない。

けれど、俺には今のこの世界のほうが、信じるに値しなかった。

閑莉は困惑しきった顔で、首を小さく横に振った。

「どうして……そんな突飛な結論になるのですか。なぜ私がそんなことを……」

「お前にそれをしている自覚はない。北沢《きたざわ》や早乙女《さおとめ》さんと同じで、青春虚構具現症は自分でコントロールできるものじゃないからな」

「だとしても、私がそれを発症する理由などありません」

「じゃあ、さっきの話の続きだ。田辺《たなべ》は、初見ならまず読めないような変わった名前だ。それけど、だからこそ同じクラスメイトだった霧宮が間違えるなんてことはありえない。それこそ、元クラスメイトでもない転校生でもなければな」

「それは……私のことでしょうか？　そのことと私に、なんの関係があるのですか？」

「間違えたのは、霧宮が忘れたからじゃない。この世界を創り出した人間の誤った認識が、本来正しいはずの世界の在り方に上書きされたからだ」

「上書き……？」

「そうだ。……九十九里《つくもり》、校庭のベンチで俺がお前に、霧宮との猫探しの話をしたとき、俺たちは近くにいた野良猫を見ていたよな。あれは、どんな猫だった？」

閑莉は怪訝《けげん》そうに眉をひそめていた。

だが、ふとなにかに気づいたように、ゆっくりと目を見開く。

「そうだ。あのとき俺たちが見たのは、黒猫だった。だからおまえは無意識のうちに、探していた猫が黒猫だと勘違いしたんじゃないのか？」

俺の指摘に、閑莉は混乱した様子で言葉を失っていた。

「田辺の名前の件も、猫の件も同じだ。おまえの認識が、この世界に間違った情報を付け加えた。この世界の偽物の霧宮に、誤った記憶を与えてしまったんだ」

「そんなことで……社さんは私を発症者だと断定するのですか？」

閑莉は首を振りながらも、反論する声はさきほどよりも力を失っていた。

信じられない答えに近づきつつあると、自分で薄々気づき始めている。

「まだ、ある。霧宮は、九十九里のことをなんて呼んでる?」

「?　それは……」

「閑莉、と呼び捨てにしてるだろ。他の女子はちゃん付けで呼ぶのに、だ。俺は最初、それが違和感の正体だと思った。けど、本当に違和感を覚えたのはそこじゃない。それに対して、おまえが当然のように受け入れていることなんだよ」

閑莉がはっとした顔をする。

「おまえは以前、霧宮とは赤の他人だ、と言っていたな。なら、どうしておまえだけ違う呼び方をしてることに、何の疑問も示さなかったんだ?」

閑莉は声もなく、唇を震わせた。

「おまえの知っている本物の霧宮は、おまえのことを呼び捨てにしていた。だからおまえは、俺や周囲の人間に疑問を与える可能性を忘れて、それをこの世界で無意識に再現してしまった。そうじゃないのか?」

これがなければ、気づくことはできなかった。

この世界は、確かに青春虚構具現症の不可思議な力によって、限りなく現実と等しく再現されている。

けれど、それは閑莉の意識が投影された世界だ。

閑莉の無自覚な認識が影響を及ぼす、作り物の世界に過ぎない。

「俺が気づいたのは偶々《たまたま》だ。だけど時間の問題で、こんな綻びはいずれ他にも出てきていたはずだ。なぜなら、これは本物の世界じゃないからだ。ここは、九十九里の認識が反映される、九十九里にとって理想の世界なんだよ」

知崎《ちさき》の言葉がなければ、その大きな嘘《うそ》に気づくことはできなかった。

自分がいる世界そのものの正当性を疑うなんてことは。

「この世界から、霧宮がいなかった事実が消えたのも、霧宮の異変に気づいた田辺の存在が消えたのも、どちらも霧宮が生きている世界には不要な情報だからだ。それを消したのは——おまえなんだよ、九十九里」

「そんな……私は、そんなこと……」

「どうして俺や霧宮の記憶が消えなかったのか、それはわからない。おまえを問い詰めることで、今度は俺の存在がこの世界から消されないとも限らない。……けど、これだけは言っておく。おまえの無意識が、青春虚構具現症によってこの世界を創り出した。霧宮が死なずに、生き続けたはずの世界を」

閑莉は後ずさりながら、首を横に振った。

「社さんが何を言っているのか……わかりません。現にこうして、澄御架は生きて戻ってきたじゃありませんか。私たちの前に、また現れてくれたんです」

「……俺も、一度は信じた。けどちがう。俺たちは、間違いに気づかないといけない」

「間違いなんて……ありません……」

「目を背けるな。霧宮は、死んだんだ」

「嘘です……‼」

「ううん、ほんとだよ」

これまで黙っていた澄御架が、はっきりと頷《うなず》いた。

閑莉は瞠目《どうもく》し、言葉を失う。

やはり、ここにいる澄御架自身がわかっていた。

当然だ。俺がわかる程度のことを、澄御架がわからないはずがない。

「さっすが、スミカの相棒のヤシロン君だね」

澄御架はいつもの調子で、そう頷いた。

「うん、そっか。やっぱりそうだよね。自分でも変な気はしてたんだ。なんだかぼうっとして、昔のこととか、あんまり覚えてなかったりしたし。なんだか自分が自分じゃないような気がするっていうか……。だから、そういうことなんだよ」

「嘘……です。嘘を言わないでください、澄御架」

「ごめんね、閑莉。でも、社なら気づいてくれるって思ったから、社に任せてた。たぶんこの世界のスミカは、自分の存在を疑うことはできないはずだから」

偽物の澄御架《すみか》は、本物に等しい冷静さと客観性をもって、自分の存在を分析していた。

教室の外では、いつもとなにひとつ変わらない放課後の喧騒《けんそう》が広がっていた。

けれどそれは、悪夢のような穏やかさで。

その心地よさから、もう目覚めなければならない。

閑莉がよろめき、机にぶつかる。

「そんなこと……ありえません。だって、澄御架はここにいます。私の願いで、世界が変わったなんて、信じられません。どうして……」

「九十九里。一年生の最後の日、霧宮は死んだ。そのことを、俺や元の一年四組のクラスメイトは、それぞれが色んなことを思いながらも、その事実を受け入れてきた」

俺も、翼《つばさ》も、田辺も、令蘭《れいら》でさえも。

澄御架に対して抱いている感情は同じではない。

けれど、たったひとつだけ、共通するものがあった。

それは、澄御架が死んだことを、受け止めているということだ。

それだけは、決して消えない。

そのとき抱いた気持ちとともに、簡単に消えたり上書きされるものではない。

「けどおまえだけが、霧宮に対してちがう執着を持っていた。おまえは、霧宮が生きていることを願ったんだ。他の生徒とは違うほどの、とてつもなく強い思いで」

閑莉《しずり》は俯《うつむ》いたまま、ぽつりと呟《つぶや》く。

「どうして……転校生の私に、そんな強い思いがあるというのですか」

核心となる問いが閑莉の口から出た。

そう。

それこそが最大の謎であり、疑問だった。

「俺も、ずっとそれがわからなかった。どうして九十九里が、そこまで霧宮が生きていることを願うのか。元のクラスメイトですらなかった転校生のおまえが。……けど、これを見て、ようやく納得することができた」

俺はあらかじめ自分の机に仕舞っていた封筒を取り出した。

閑莉が怪訝そうにそれを見る。

俺は封筒から、クリップで留められた数枚の書類と写真を、無言で閑莉に手渡した。

訝《いぶか》しがりながらそれを受け取った閑莉は、瞠目して固まった。

「どうして……これを」

「協力者がいて、調べてもらった。おそらく非合法な手を使ってだけどな。でも、そこに書かれてるのは事実だ。それが、おまえが霧宮が生きていることを、誰よりも強く願った理由だ。そうだろう？」

閑莉の手は震えていた。

そこに書かれていた内容は、俺にとって、予想だにしないことだった。

「だっておまえは——霧宮澄御架の家族なんだから」

九十九里閑莉　その4

「おまえは、霧宮と一緒に家族として暮らしてた。その書類を見てわかった。それが、すべての理由だ」

俺が閑莉に手渡した書類には、霧宮家の家族構成や、澄御架と閑莉が一緒に写っている写真が添付されていた。

令蘭に依頼して入手したその資料には、閑莉の経歴がすべて記されていた。

どこで生まれ、どこで育ち、今どこで暮らしているのか。

閑莉はそれを無言でじっと見つめている。

「そこに書かれていることが事実なら、おまえは中学生のときに、児童養護施設から里親になった霧宮家に引き取られた。そうなんだな？」

里親制度のことをあまり詳しくは知らなかったが、色々な事情で親の家庭で暮らせない子供を、べつの家庭が受け入れる仕組みだ。

養子とはちがうため、名字が変わることもない。

重要なのは、澄御架と閑莉が、同じ家で一緒に暮らしていた家族である、ということだ。

「九十九里の住所は、霧宮《きりみや》の家と同じだ。おまえはこの春まで、べつの学校に通っていた。けど霧宮が死んだことがきっかけで、この学校に転校してきた。あいつがかかわった一年四組で起きた事件と、青春虚構具現症について調べるために」

「ごめんね、社《やしろ》。どうしてか私は、そのことを社に話せなかったんだ」

澄御架は力なく釈明した。その理由も今ならわかる。

「霧宮のせいじゃない。おまえと九十九里との関係性を知れば、俺が青春虚構具現症の発症者を特定する手がかりになる。九十九里が作り出したこの世界にとって不都合な要素は、自動的に排除されるだろうからな。……けど、そこに書かれていることを隠していたのは、九十九里、おまえが意図してやっていたことなんだろ？」

「……ええ、そうです」

閑莉は無表情のまま、今度はあっさりと頷いた。

「確かに、私は生まれてすぐ両親から捨てられ、児童養護施設で育ちました。その後、霧宮家に里子として迎え入れられたのも本当です。それを、まさかこんな形で社さんに突き止められるとは思っていませんでしたが」

これを閑莉に語らせていることに、罪悪感がこみ上げる。

閑莉のプライバシーを覗《のぞ》き見たいわけではなかった。

けれど、閑莉と澄御架の関係性を明らかにするには、隠されている事実を知ることがどうしても必要だった。

「そんな顔をしないでください。あらかじめ断っておきますが、私は自分を悲劇的な境遇だとは思っていません。この国には、私のように親から離れて暮らす子供が数万人もいるんです。そのうちのひとりでしかありませんし、こうして身心ともに健康ですので」

「ああ、同情はしてない。それができるほど、俺はおまえのことを知らないからな」

「社さんは、正直ですね」

穏やかに相槌《あいづち》を打つ閑莉を、俺は逃げずに見つめた。

「暮らしていた児童養護施設で、私は少し問題を抱えていたんです。他の子どもたちとのトラブル……いわゆるイジメですね。きっと、誰でもよかったんだと思います。私はたまたま運が悪く、全員の標的になりました。ちょうどその頃からです。他人の悪意や、嘘に敏感になったのは。そうでなければ、命にかかわるような危険を回避することができませんでしたので」

閑莉の口調は淡々としていたが、俺は吐き気に似た不快感を覚えた。

「そうしてなんとかサバイブを続けていた私にも、肉体的、あるいは精神的に限界が訪れました。ある日、私は施設から抜け出したんです。ひどい雨の日でした。ずぶ濡《ぬ》れになって道路を歩いているとき、ちょうど同い年の少女に出会いました。彼女は親切に、私を自分の家へと招待してくれました。それが、霧宮澄御架でした」

生々しい言葉から、その光景が脳裏に鮮明な映像となって再生された。

「あの日私は、澄御架と一緒に温かいご飯を食べて、お風呂《ふろ》に入り、清潔なベッドで熟睡しました。生まれてから今まで、あのときほど、人の善意というものを感じたことはありません。しかも、それだけにとどまらず、私の境遇を聞いた澄御架は、私と一緒に暮らしたいと、自分の親に申し出てくれました。それはまるで、私にとっては、奇跡のような出来事でした」

あいつらしいな、と俺は場違いな納得感を抱いていた。

最初に会ったときから、きっと澄御架は、俺の知らないところで、いつも誰かを救っているのだと感じた。

誇張でもなんでもなく、それは本当のことなのだ。

だから、澄御架は本物なんだ。

「社さんは、以前私に聞かれましたよね。澄御架に命でも救われたのか、と。その通りです。私は人生を、彼女と彼女の両親に救われました。……ですが、彼女は亡《な》くなりました。この学校で」

閑莉の言葉の鋭さに、俺は喉元に刃物を突き付けられたような気がした。

「社さんの仰《おっしゃ》った通りです。私は澄御架がかかわった青春虚構具現症と、一年四組で起きた事件のことを調べるためにこの学校にやってきたんです。最初に社さんを問い詰めたのは、澄御架から、あなたの名前を何度か聞いていたからです」

「あいつは……俺のことを、なんて」

「あなたは、澄御架の相棒だったと」

あの日、放課後の教室で、閑莉は同じ質問を俺に投げかけた。

そこに込められた意味がそれほどのものだったとは、あのときは知る由《よし》もなかった。

「私は……社さんに何か秘密があると思っていました。澄御架ほどの人物が見出《みいだ》した相手なら、きっとなにか、特別な能力を持っているのではないかと。けれど、社さんは……すみません、失礼なことを言ってしまいますが、ごく普通の方でした」

「最初からそう言ってただろ」

俺は自嘲ぎみに頷《うなず》いた。

「社さんが否定したとき、嘘《うそ》を言っていないことはわかりました。けれど、私は……信じていたんです。澄御架がその役割を託した、後継者が、どこかにいると」

「どうして？」

「私は……もしかしたら、澄御架の代わりを探していたのかもしれません。澄御架が亡くなって、それを受け入れられなかったから、私は……」

閑莉は傍《かたわ》らに立つ、この偽物《にせもの》の世界の澄御架を見つめた。

澄御架は優しい表情で、一緒に暮らしていた少女のことを見守っている。

「ああ……今、わかりました。だから、私がこの世界を創り出したんですね。英雄のいない世界ではなく、英雄のいる世界を望んだ私が」

「ああ、そうだ」

閑莉はついに、みずからが青春虚構具現症の源であることを認めた。

だが次の瞬間、その双眸《そうぼう》に浮かんだのは、激しい抵抗の意志だった。

「ですが、それのなにがいけないのですか？」

「なに……？」

「澄御架《すみか》は、紛れもなく英雄です。これまで大勢の人が澄御架に救われました。社さんだって……いいえ、社さんだからこそわかっているはずです。澄御架の代わりはいません。澄御架の後継者など、どこにもいないんです」

「やめろ」

危険だった。

閑莉はこの青春虚構具現症によって捏造された世界を肯定しようとしている。

それはそのまま力を増長させる。現象を拡大させる。

その先に待つのは——破滅だ。

「澄御架のいない世界は、正しいのでしょうか？　私はそうは思いません。そんな世界なんて、間違っています。希望を求めて、なにがいけないのでしょうか？」

肌がざわつく。心臓を鷲摑《わしづか》みにされたようだった。

閑莉は心の底から、その正当性を信じている。

閑莉は《英雄のいる世界》を欲《ほっ》した。

希望のない《英雄のいない世界》ではなく。

ああ、わかっているさ。

俺だって同じだ。なにも変わらない。

どれほど、澄御架が生きてくれていたら、と。そう願わない日はない。

けど――

「ちがう。九十九里《つくもり》、それじゃダメなんだ」

「なぜですか？　社さんは、澄御架が生きていることを望まないのですか⁉」

「ああ、望まないさ……‼」

俺は震えた声で叫んだ。

閑莉《しずり》がぎょっとしている。それは俺が声を張り上げたから、だけではない。

視界がぼやけ、冷たい感触が頬を伝う。

くそっ。どうして、こんなときに。

気づくと、俺の目からは、勝手に涙が流れていた。

あのとき教室に戻ってきた澄御架を眺めていたときにも、流れなかった涙が。

「どうして、ですか……？」

閑莉はすがるように問う。

答えを知っているなら教えてほしい。苦痛に歪《ゆが》んだ表情がそう訴えていた。

だから俺は、答えなければならなかった。

「これは、霧宮が守った世界じゃないからだ」

俺は去年一年間、澄御架と行動を共にしていた。

あいつがどれだけ毎日を全力で過ごしていたのか、それを傍《そば》で見ていた。

一年四組の最後の日、あいつが死んでしまうまで。

だから、この世界をあいつが遺《のこ》したことを、俺は知っている。

それは決して、あいつが生きている、こんな紛《まが》い物の世界じゃない。

「英雄がいる世界？　霧宮が生きている世界？　そんなものがなんだっていうんだ。あいつが守ったのは、高校一年のどうってことのない普通の日常なんだ……！　青春虚構具現症なんておかしなものに狂わされた日常を、クラスメイト全員に向き合って、衝突して、笑い合って……ようやく取り戻したものなんだよ……‼」

教室に響きわたる俺の声を、閑莉は息を呑《の》んで聞いている。

伝えなければならなかった。

澄御架の代わりに。

あのとき、あの教室で共に戦った一年四組のクラスメイトたちの代わりに。

「あいつが守った世界を、絶対に否定なんてさせない。たとえ霧宮《きりみや》が生き返ったとしても……そんなもの、なんの価値もない。九十九里。おまえだって、本当はわかってるはずだろ。これが意味のない、間違ったことだって」

「わかりません……！　私には、理解できません……」

「どれだけ悲しくても、つらくても、俺たちはあいつが守った、あいつが遺したこの教室《せかい》で生きていくしかないんだ」

「どうしてですか⁉」

「決まってるだろ……‼　俺たちは霧宮のことが――――好きなんだから」

閑莉が大きく、大きく目を見開く。

ふっと、澄御架が笑ったような気がした。

だからこそ否定してはいけない。

だからこそ受け入れなければならない。

置き換えることのできない、たった唯一の思い出を、嘘にしないために。

次の瞬間、世界が音を発した。

まるで地震のように足元が揺れ出し、天井の蛍光灯が揺れていた。

地響きが鳴り、窓の外の景色は、誰もいない無人の校庭へと変わっていた。

「きっと、世界が元の正しい姿に戻ろうとしてるんだね」

これまで黙っていた澄御架が、ようやく口を開いた。

相変わらずの呑気《のんき》さで、天変地異の始まりを、偽物の世界の終わりを見届けている。

「ありがとう。社《やしろ》」

「……なにがだよ。おまえ、この後どうなるのか、ちゃんとわかってるのか？」

「もっちろん。ここにいるスミカは、ちゃんと消えちゃうんだよね」

俺は拳を痛いほど握りしめた。

どうしてこいつは、そんなことをわかっていて、これほど平然としていられるのだろうか。どれほど肝が据わっているのか。それが主人公の器というやつなのか。

「待って、澄御架……。待って、ください……」

よろよろと手を伸ばす閑莉を、澄御架が抱きしめた。

「閑莉。先に死んじゃって、ほんとにゴメンね」

「澄《す》御《み》、架《か》……」

「でも……閑莉はひとりじゃないよ。社や、クラスのみんなと仲良くね。せっかくさ、青春真っ盛りの女子高生なんだから。もっと全力で楽しまなきゃ」

「これは……」

「そん、な……できません、澄御架がいなかったら、私は……なにも……」

「できるよ。だって高校生は、最強なんだから」

澄御架は微笑《ほほえ》んで、閑莉の頬を優しく撫《な》でた。

「……！」

直後、光に包まれた閑莉の身体《からだ》が瞬《またた》くようにして消えた。

この偽物の世界の寿命が尽きようとしている。

窓ガラスが一斉に砕け散る。

だがその破片は飛び散ることもなく、まばゆい光の粒子となって霧散した。

残された俺は澄御架と向き合った。

「霧宮、これが最後だな」

「うん。これが最後だよ、社」

滅びゆく世界で、俺はもう死んだはずの少女と別れの言葉を交わしていた。

だからこれは、何の意味もない会話だ。

現実じゃない。本物じゃない。だから、俺は気安く言った。

「最後だから、白状しとく」

「なになに？　えっ、ひょっとして……愛の告白？　い、いくら社とスミカの仲だからって……こういうときにそんなこと言われたら……」

「馬鹿、ちゃんと聞けよ」

どうせこの世界は消えてしまうんだ。

この言葉だって、澄御架本人には届かない。だから恥ずかしがる必要もなかった。

今ならどこまでも素直に、自分に正直になれる気がした。

「俺はたぶん、おまえに憧れてた」

青春虚構具現症という、見えない不可思議との戦い。

澄御架がいなかったら、俺たちの高校一年間はまったく違うものになっていただろう。

澄御架は、ほかの学校のどんなクラスでもあるような、ごく当たり前の青春の日々を守るために戦った。

俺はただ、その手伝いをしたに過ぎない。

「特別なおまえの役に立てることが、特別じゃない俺には嬉《うれ》しかったんだ。おまえに散々振り回されたけど、楽しかった。……最高の、高校一年生だった」

「社……」

「ま、そういうわけで、おまえのおかげで他のみんなもめでたく充実した高校生活を送ってるぞ。どっちかっていうと、高一よりも高二の方が重要だからな。いやほんと悪いな」

「ちょっ、もぉーずるーい！　あ〜あ、私も高二のＪＫになって、クラスのみんなと市内のチョコパフェを全部制覇したかったのに……！」

「一番やりたいことがそれかよ」

身体から一気に力が抜けたのは、まもなく世界が滅びるせいか、あるいは澄御架の発言のせいのどちらだろうか。

「でもほんと、社たちと修学旅行に行きたかったたな。文化祭もまたやりたかった。一緒に進路のことで悩みたかった」

「ああ、俺もだ」

「ふふっ。社たちはこれから、楽しいことも、大変なこともいっぱいあるもんね」

「なあ、霧宮」

「なに？」

「おまえがいなくても、俺たちはなんとかやっていく。だから……安心してくれ」

「うん。じゃあ任せたよ、社」

教室だけを残して、外の景色が消えていく。

澄御架が一歩、前に踏み出す。

倒れこむように寄りかかってきたその身体を、俺は咄嗟《とっさ》に抱きとめた。

光の霧の中に消えかけた澄御架が、微笑みながらつぶやく。

「ありがとう。社はスミカの、一番の――――だよ」

そして世界は、正しき姿を取り戻した。

追憶【約四カ月前】

色とりどりのイルミネーションに飾られた商店街。

人通りの多い道を、俺と澄御架《すみか》は冷たい風に身を縮こまらせながら歩いていた。

「いやーもうすっかりクリスマス一色！　って感じでテンション上がるよね。学校もこんな風に光らせればいいのにね」

「そんな浮かれた場所には恥ずかしくて通いたくない」

「あ、見て見て！　あそこのマダイ、あの大きさで二千円ぴったしだって！　安いし買ってこっか⁉」

「却下だ。おまえ、俺たちがなんのためにここに来てるのか、言ってみろ」

「えっ……この商店街が大型ショッピングモールに負けない戦略を練るための、現地調査じゃなかったっけ？」

「どっからそんな高尚な目的が出てきたんだよ。クリスマスパーティの買い出しだ」

そっか、と澄御架は掌《てのひら》をこぶしで叩《たた》いた。

俺は大きくため息をつく。

つい先日、一部の陽気なクラスメイトたちの発案によって、クラスで少し早めのクリスマスパーティをやろうという企画が持ち上がった。

俺はあまり興味はなかったのだが、色々とあって、こうして参加することになり、当日の今日買い出し要員として商店街に来ているのだった。

なので、絶対にマダイを買って帰るわけにはいかなかった。

「えへへっ、でもみんなでクリパとか楽しみだねぇ。あ、スミカは今日はオールでオッケーだよ！　喉が潰れるまで歌いまくるぜ！」

「冗談でもそういうこと言ってると、先生に目をつけられるから気をつけろよ」

あらかじめ割り振られた買い物リストを手に、お菓子や飲み物を購入して回っていると、商店街内に飾られた大きなクリスマスツリーが目に入った。

「すごーい！　ねえねえ社、写真撮ろ！」

「はぁ？　べつにいいだろ、そんな豪勢なもんでもないし」

「いーからいーから。ほらっ」

澄御架が強引に俺の腕をひっぱり、ツリーの前でスマホを構えた。

腕を伸ばして、後ろのツリーを画角に収めると、シャッターを切る。

「あははっ！　社、すっごいしかめっ面だよぉ」

「悪かったな……」

澄御架は腹を抱えてひとしきり笑うと、その余韻をひきずったまま目尻をぬぐった。

「ねぇねぇ、社はクリスマス当日は、どうしてるの？」

「どうって……べつに、予定はないけど」

「そっかー」

「お、おまえはどうなんだよ」

なぜそんなことを聞いてくるのか。なんだか妙な居心地の悪さを感じ、俺は沈黙を打ち消すように聞き返した。

「スミカ？　スミカはねー、家族と過ごすんだ。妹ちゃんと一緒に」

「妹？　おまえ、妹なんていたのか。初耳だ」

「うん、間違えた。妹じゃなかった」

「どういう間違いだよ……」

「あははっ、でもスミカにとっては大事な家族なんだ。そうだ、いつか社にも紹介するから。すっごく可愛《かわい》いから、一目ぼれしないようにね」

「はいはい、いつかな」

俺は空返事をしつつ、澄御架が家族と過ごす、という返答になぜか安堵《あんど》していた。

自分でも不思議だ。いったい、なにに安心したというのか。

商店街には、仲睦《むつ》まじく腕を組んで歩くカップルたちの姿も多くあった。

「でもさ、春から色んなことあったよねー」

「……そうだな」

なにげない澄御架の呟《つぶや》きに、俺はしみじみと頷《うなず》いた。

本当にその通りだ。色々なことが、むしろあり過ぎた。

「入学前は、まさか青春虚構具現症なんて、うさんくさい都市伝説みたいな怪奇現象に、本当に遭遇するなんて夢にも思わなかった」

「あはっ、スミカだってそうだよ」

「そのわりには、おまえは最初からあんまり動揺してなかったよな」

「そりゃーもう、女子高生は最強ですので」

「なんだよそれ」

得意げに謎理屈をかかげる澄御架は、しかし確かに怖いもの知らずだ。

これまでクラスで起きた様々な事件を、解決に導いてきた。

今、こんなのんきにクリスマスパーティの準備ができているのも、なんだか奇跡のような出来事に思える。

ふと横を見ると、澄御架がツリーの頂点にある星形の飾りを見上げていた。

「ねえ、社《やしろ》。クリスマスツリーに願い事書いて飾ったら、叶《かな》えてくれるかな？」

「そりゃ短冊《たんざく》だろ」

「そうかもだけど、サンタクロースが欲しいものをプレゼントしてくれるなら、願い事だって叶えてくれるんじゃないかなって」

「願い事、なんかあるのか？」

俺はちょうどクラスメイトからのDMで、追加の買い出しのオーダーが来ていたので、話を半分聞き流しながら尋ねた。

「あるよ。スミカの願いはね……いまのクラスのみんなと一緒に、卒業すること」

「ほーん……」

「あ、社真面目に聞いてないね」

「っていうか、そもそも二年になったらクラス変わるんだから、そりゃ無理だろ」

「ガーン！　スミカ、しょーっく！」

「何を今さら……」

ふとスマホの時計を見ると、予定よりだいぶ遅れていた。無駄話をしている暇はない。

足元に置いていた買い物袋を持ち上げる。

「ほら、行くぞ。遅れたら王園《おうぞの》あたりになんて言われるかわかったもんじゃないからな」

「そうだねぃ、令蘭《れいら》ちゃんちょっとツンデレのツンが強いからねぇ」

「あいつのデレなんて見たことないけどな……」

俺は歩き出しながら、ふと付け足して言った。

「っていうか、わざわざ願うほどのことじゃないだろ。クラスが変わっても、みんな同じタイミングで卒業するんだから」

澄御架はなぜかきょとんとして、目を丸くした。

「？　なんか、おかしいこと言ったか」

「……ふふっ、ううん。そうだね。あー、次もみんなと同じクラスだといいなぁ」

「まだ三学期が残ってるぞ」

「おうさ！　スミカは卒業するまで全力で青春を駆け抜けるぞ〜！」

卒業なんて先のことまで考えられるほど、俺たちはまだ大人ではない。

今の俺たちにできることは、クリスマスパーティの会場へと予定通り到着することくらいだった。

エピローグ

夜のファミレスには、少し流行遅れの曲が有線から流れていた。

「──そうして目が覚めると、おまえたちふたりとも、元のこの世界に戻ってきていた……と。なるほど。これまで聞いた青春虚構具現症のなかでも、抜群にユニークで興味深い話をしてくれたな。これは研究が捗《はかど》るというものだ」

知崎《ちさき》はもう何杯目かもわからない珈琲《コーヒー》を口につけると、ようやく満足げにボイスレコーダーのスイッチを切った。

その向かいの席に座る俺と閑莉《しずり》は、ややげっそりした顔をしていることだろう。

「あの……もういいですか？　かれこれ四時間近く経《た》ってるんで……」

「少々……疲労を感じます」

めずらしく閑莉が弱音を吐いていた。実際、店に入った頃はまだ明るかったが、辺りはすっかり夜だ。その間、俺と閑莉は知崎から、先日起きた一連の《世界改変》にまつわる事件についての尋問──もとい、事情聴取を受けていた。

「ふむ……たしかにそろそろ帰さんと親御さんに申し訳が立たんな。続きは明日にすることにしよう」

「まだやるんですか⁉」

「当たり前だろう。今日はまだ全体のあらまししか聞いていないからな。明日からは一日一時間単位で起きたことを記録に起こす作業に入る。安心しろ。すべて詳細に思い出すまで付き合ってやる」

地獄のような不安しかない。

「覚えておけ。謎の解明には時間と根気が必要となる。青春虚構具現症が一年四組以外でも起き始めている原因も、依然として不明のままだ」

知崎の言葉に、俺は改めてはっとした。

その通りだった。かろうじていくつかの事態を解決のようなものに導くことができたとはいえ、これで終わったとは限らない。

「先生でも、やっぱりわからないんですか？」

一縷《いちる》の希みを託して聞くと、知崎は窓の外に視線を向けた。

そこには憂いに満ちた知崎の横顔が映っている。

「これはひとつの仮説でしかないが……青春虚構具現症が、一種の感染する病のようなものだとすれば、それが人を媒介にして拡散した、という可能性は考えられる。そしてそれを発症する人間には、なんらかの共通の因子がある。少なくとも、この学校の現役の生徒であり、なにかを願うごく普通の少年少女であるということに加えた、べつのなにかが」

初めて聞く知崎の話に、俺も閑莉も吸い寄せられる。

「それって……じゃあもしかして、その原因を持ってる人間が、二年になったから、いまの俺たちのクラスでまたこの現象が起きてる……ってことですか？」

「ただの仮説だ、と言っただろう。すべては推測に過ぎない。……いずれにせよ、去年までに収集したデータはすべて洗い直す必要がある。もはや、あのときとはすべての状況がちがうのだからな」

知崎の言葉の最後は、俺の胸にずしりと重しのようにのしかかった。

あのときとはちがう。確かにその通りだ。

一番大きな希望が、あの教室からは失われてしまったのだから。

けれど、ふと思う。

大きな悲劇だけが、変わったことのすべてなのだろうか、と。

「さあ、途中まで送っていこう。可憐《かれん》な女子生徒を、夜道に放り出すわけにはいかないからな」

「大丈夫です。社さんがいますので」

「九十九里《つくもり》、おまえは甘い。なぜ神波《かんなみ》が、突如として狼《おおかみ》に変貌しない人畜無害な人間だと断定できる？」

「なるほど……その可能性を失念していました。では、ぜひよろしくお願いします」

「そういう会話は、俺のいないところでやってもらっていいか？」

俺は馬鹿らしくなりながら、氷の解けたドリンクを飲み干した。

＊

学校の屋上から見える景色は、普段となにひとつ変わり映えしなかった。

俺は手すりにもたれかかりながら、昼休みの校庭を見下ろした。桜並木は例年通りとっくに花を散らし、鮮やかな新緑をつけていた。

空はうんざりするほど青く、雲は止まっているかのように穏やかだ。

俺がもしタバコでも吸っていたら、こんなとき吹かしたくなるのだろうか。

そういえば去年、いつだったたか、あの校庭が机で埋め尽くされるという事件があったな、と俺はふと思い出した。

あの頃はまだ、澄御架《すみか》の行動力にも、青春虚構具現症の不可思議さにも、免疫ができていなかった。それに比べると、今はだいぶ成長したのかもしれない。

「ここにいたんですか、社さん」

背中越しに、凛《りん》とした声が聞こえた。

景色を眺めて物思いにふけることにも飽きていた俺が振り返ると、閑莉が立っていた。

人形のように整った顔立ちと、生真面目にまっすぐ背筋が伸びた立ち姿。

「よう。昼飯はいいのか？」

「もうクラスの友達と食べましたので」

世間一般的にはごく普通の回答だが、閑莉のことを知っている俺からすると、それは驚愕《きょうがく》の一言だった。いつの間に、そんな友達ができていたのか。

すると、そんな俺の内心を閑莉は察したらしい。

「社さん。前にも言いましたが、私は生身の人間なので、ロボットのようなキャラクターではありません。それなりにクラスメイトの女子と仲良くなったり、ご飯を一緒に食べるくらいはします」

「そいつはなによりだ」

皮肉でもなんでもなく、俺はそう答えた。

「社さん、大丈夫ですか？」

ふいに閑莉がそんなことを聞いてきた。

なんのことか、わからない。

「なにが？」

「澄御架のことです」

閑莉は憂いの表情を浮かべ、目を伏せていた。

「私のせいで、社さんには大変なご迷惑をおかけしました。すべては、私の心の弱さが招いたことです。本当に……すみませんでした」

「よせよ。アレは誰のせいでもない。青春虚構具現症は、自分でコントロールできるものじゃないんだ。おまえだって被害者だろ」

「……ですが、私は社さんに隠し事をしていました」

昼休みの屋上には、他にも弁当を食べている生徒や、談笑している女子グループの姿がある。なんの変哲もない日常の光景を眺めながら、俺はため息をついた。

「それこそ気にしてない。むしろ、謝るのは俺の方だ。勝手におまえの過去を調べたりして、申し訳なかった」

「社さん……」

閑莉のことを人形のようだと思ったのは、やはり撤回しなければならない。

その華奢《きゃしゃ》な身体《からだ》の中に、どれほど強い感情を秘めていたのかを、俺は知ったのだから。

「そういえば、少し聞いていいか？」

「どうぞ」

「おまえはどうして、霧宮《きりみや》の後継者なんてものを探そうと思ったんだ？　あいつの代わりを求めていた……ってだけじゃ、そうはならないだろ？」

「……澄御架が生きていた頃、よく言っていたんです。自分のクラスにはすごい人が沢山いると。私は、澄御架以上に優秀な人間がいるとは考えられず、よく理解できませんでした。ですが澄御架が亡《な》くなって、その言葉を思い出したときに思ったんです。きっと澄御架の近くには、澄御架が認めた一角《ひとかど》の人物がいたに違いない、と」

「それがつまり、《後継者》ってわけか」

「はい」

「けど、実際にはそんなものはいなかった……。だろ？」

閑莉は小さく顎を引いた。

「今なら少しだけ、澄御架が言っていた言葉の意味がわかるような気がするんです。澄御架が口にしていたのは、単に能力の高低を指すものではなかったのだと」

あいつらしいな、と俺は内心苦笑していた。

「あいつは……クラスメイトの事を誰よりもよく見てたからな。あいつにはわかったんだろう。みんなが持ってる個性とか、才能とか、そういうものが」

「はい」

頷《うなず》いた閑莉の声はわずかに弾んでいた。

まるで、自慢の姉を誇るように。

「ああ、それともうひとつ。どうして、霧宮と一緒にうちの学校に来なかったんだ？」

「それももちろん考えたのですが、私の学力なら、もっと上を狙えるだろうと、澄御架に言われたんです。だから高校受験は別々に」

閑莉が続けて口にしたのは、県内でも最も偏差値の高い進学校だった。

そもそも澄御架もかなり成績が良《い》いのに、平均的なうちの学校にいるのが不思議なくらいだった。ふたりとも俺とは頭の出来がだいぶ違うらしい。

「ですが……澄御架が亡くなってからは、後悔しました。とても強く」

「……そうか」

「社《やしろ》さん。私はあの偽物《にせもの》の世界で、どうして澄御架と社さんの記憶が消えなかったのか。どうして、私がそれを望まなかったのか。その理由がわかった気がするんです」

閑莉は遠くの景色を眺めながら言った。

「きっと私は、澄御架のことも、澄御架のことを一番知っている社さんのことも、変えたくなかったんです。そうしてしまえば、それは私の知っている澄御架を否定することになってしまうから」

「なるほどな……」

閑莉《しずり》の無意識が、世界のすべてを完璧に作り変えてしまうことを忌避した。

だが結果として、それによって俺たちは世界の異変に気づくことができたのだ。

本当に、青春虚構具現症とは不思議なものだ。

閑莉は眼下の景色から俺のほうへと視線を戻した。

「私からも、質問してよいでしょうか？」

「なんだよ、改まって」

「あのときこの屋上で、王園令蘭《おうぞのれいら》さんとなにをしていたのですか？」

「なっ……⁉」

「私には、社さんがなにか卑猥《ひわい》な行為を働こうとしているようにも見えましたが……」

「ち、ちがう！　あれはあいつの方が——」

「彼女の方から？　では認めるのですね」

「っ、おまえな……！」

閑莉がくすりと口元を緩める。

少し油断するとこれだ。閑莉に下手に隙は見せてはいけない、と俺は胸に誓った。

「ひとつ、訂正をさせてください」

改まって閑莉が言った。

「あのとき、あの偽物の世界の教室で、私は社さんのことを、特別ではない普通の人だったと言いましたね」

「ああ……。そう、だったか？　あんまよく覚えてないけど」

「はい。言いましたよ。ですが……社さんは、やはり特別です。社さんは、特別に、普通な人です」

ややこしい言い回しに、いまいち理解が追い付かない。

「なんだか、無理やり持ち上げられてる気もするんだが……」

「そんなことはありません。私は社さんのことは、リスペクトしています。澄御架の後継者なんて、いなかったのかもしれません。ですが……もしそれがいるとしたら、私は社さんが相応《ふさわ》しいと思います」

そのとき俺は、あの偽物の世界で、偽物の澄御架が最後にかけた言葉を思い出した。

もちろんそれは、本物の澄御架の言葉ではない。

覚えておく必要もない、幻のようなものだった。

「そうか」

「もうひとつ、聞いてもいいですか？」

「？　なんだよ」

「社さんは、澄御架のことが好きだったんですか？　異性として」

今度もからかっているのかと思った。

だが閑莉の真剣な目を見れば、そうではないのは一目瞭然だった。

俺は自分の胸に問いかける。

すでに死んでしまった人間への思いを、その形を確かめるように。

「さあな」

俺は端的にそれだけを答えた。

だが、閑莉はなぜか満足したような表情を浮かべた。

「おふたりの関係を私が理解するのは、まだすこし早かったようですね」

そのとき、予鈴のチャイムが鳴り響いた。

屋上でだべっていた生徒たちが、けだるげに教室へと戻りはじめる。

「行くか。次は……現代文だっけか」

「数学です」

「うへぇ」

「社さん、また、青春虚構具現症は起きるのでしょうか？」

閑莉の言葉に俺は立ち止まる。

その顔には、経験した人間だけがわかる、底知れないものへの恐怖と不安の色が張りついていた。

「かもな。でも、なんとかなるんじゃないか」

「ずいぶん楽観的ですね」

「霧宮のそれが移ったんだろ。多少はな」

ハイパーポジティブなあいつに比べたら、俺なんて完全に悲観主義者と言ってもいい。希望的観測を持つくらいがちょうどいいのだろう。

「私が、社さんの相棒になります」

ふいに閑莉が俺に向かって手を差し出した。

それが握手を求めているものだと、遅れて理解する。

「これからなにがあろうと、私が社さんを手伝います。社さんが苦難に直面するとき、私が傍《そば》にいて支えます。それが今の、澄御架《すみか》のいない世界での、私の意思です」

「……いちいち大げさだな」

「はい。私はそういう性格ですので」

閑莉は気持ちのいいくらい堂々と答えた。

相変わらず肝が据わっている。

澄御架のいない世界――か。

頭上には、どこまでも続く蒼穹《そうきゅう》の海が広がっている。

その広さに比べたら、この学校の、ひとつの教室など、どれほどちっぽけな世界なのだろうか。

けれど、そのちっぽけな教室こそが、俺たちの生きている世界だった。

「行きましょう。ふたりそろって授業に遅れると、私と社さんが付き合っているという噂《うわさ》が流れかねません」

「はいはい、それは困るもんな」

「ええ、困ります。それはとても、彼女に悪いので」

閑莉は奇妙なことを言い、屋上から出ていった。

その背中に、一瞬澄御架の姿が重なる。

――なあ、霧宮。
おまえがいなくなっても、俺たちはきっとなんとかやっていける。
たとえ、当たり前の日常が続くとしても。
たとえ、当たり前の日常が失われたとしても。
きっとまたそのときは救えるはずだ。
英雄がいなくなった教室では、誰かがその跡を継げるのかもしれないから。

あとがき

英雄が失われた教室で、誰がその跡を継ぐのだろうか？

新作を考えているときにふと思い浮かんだそんな言葉から、本作は始まりました。

昨今は長らく感染症の影響で、かつてあった日常が失われている時代です。そんな情勢下で学校生活を送られた方々もいるなかで、日常という言葉の意味や価値も変わってきています。そんな今だからこそ、現実世界の学校を舞台にした作品で、当たり前の日常を守るために戦った人間と、その希望が失われてしまった後、残された者たちがどうしていくのか。それを書いてみたかったのです。

そして、本編の最後の一文に辿《たど》り着《つ》きたかったがために、本作は存在していると思っています。もしこのあとがきを読んでくださっている方に、その思いがほんの少しでも伝わったのだとしたら、物書きとしてこれ以上ない幸せです。

また、本作は、様々な幸運に恵まれた作品です。

すこしだけ制作の内側をお話ししますと、新作というのは基本、企画書を編集部で会議にかけていただいてから執筆に入るのですが、本作はそれとは違い、来生《きすぎ》が自主的にカクヨムの方で執筆&掲載をしていたものでした。特にその時点では出版の予定はなかったのですが、幸運なことに編集部の方からお声をかけていただき、あれよあれよという間に書籍化が実現した作品となります。

さらにもうひとつの幸運は、イラストを黒《くろ》なまこさんにご担当いただけたことです。キャラデザの初期段階から素晴らしいイラストを沢山見せていただき、原稿の追い込み時期に、来生のテンションは上がりっぱなしでした。おそらく世に公開されないものも多いかと思うのですが、個人的には勿体《もったい》なさすぎてすべて見ていただきたいぐらい、魅力あふれるイラストの数々を描いていただきました。本当にありがとうございます。

また、本作に目を止めて、出版のお声をかけていただいたファンタジア文庫編集部の方々、誠にありがとうございます。引き続き、精進いたします。

そして勿論《もちろん》一番の幸運は、読者の皆様にこの作品を読んでいただけていることです。

……と、大げさな閑莉《しずり》あたりは言うかもしれません。しかし、本心です。

それでは、もし叶《かな》うのであれば、次回は本作の続きでお会いできれば幸いです。

二〇二三年　三月　来生直紀《なおき》

お便りはこちらまで

〒一〇二-八一七七
ファンタジア文庫編集部気付
来生直紀（様）宛
黒なまこ（様）宛

富士見ファンタジア文庫

霧桜《きりざくら》に眠《ねむ》る教室《きょうしつ》で、
もう一度《いちど》だけ彼女《かのじょ》に会《あ》いたい

令和5年5月20日　初版発行

著者——来生直紀《きすぎなおき》

発行者——山下直久
発　行——株式会社KADOKAWA
〒102-8177
東京都千代田区富士見2-13-3
0570-002-301（ナビダイヤル）
印刷所——株式会社暁印刷
製本所——本間製本株式会社

ISBN978-4-04-075035-4 C0193　◇◇◇

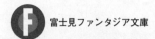

世界最強の
“不可能任務”に挑む少女たちの
痛快スパイファンタジー！
スパイ教室
竹町
illustration
トマリ

切り拓け！キミだけの王道
ファンタジア大賞
原稿募集中！
賞金
《大賞》300万円
《金賞》50万円
《銀賞》30万円
選考委員
細音啓「キミと僕の最後の戦場、あるいは世界が始まる聖戦」
橘公司「デート・ア・ライブ」
羊太郎「ロクでなし魔術講師と禁忌教典《アカシックレコード》」
ファンタジア文庫編集長
前期締切 8月末日
後期締切 2月末日
公式サイトはこちら！ https://www.fantasiataisho.com/
イラスト／つなこ、猫鍋蒼、三嶋くろね